각자의 요가

요가를
좋아하는
보통들에게
—

이우제 지음

YOGA

각
자
의
요
가

원더박스

박상아

(요가 강사, 『아무튼, 요가』 저자)

요가를 처음 시작하는 사람 중에 육체적이건 정신적이건 스스로 건강하다고 느끼는 이는 극히 드물다. 대부분 몸이 아프거나, 약하거나, 감정 통제가 잘 안 되거나, 마음에 상처가 있거나 해서 자존감이 낮아지고 삶이 행복하지 않아 돌파구를 찾기 위한 한 수단으로 요가에 발을 들인다.

그러나 요가가 무엇인지 잘 모르다 보니 상업화된 이미지의 요가, 다이어트 요가, 스트레칭만 하다 끝나는 요가만 경험하고는 한다. 그러다 결국 진짜 요가의 세계, 정신적·육체적 고통으로부터의 해방 근처에도 가 보지 못하고 요가라는 빙산의 일부, 그것도 일부에서 아주 일부의 그림자 정도만 경험한 상태에서 '이것이 요가다'라고 섣부르게 정의 내리거나, 스트레칭 몇 번 하고 나서 '나는 유연하지 않아서 요가와 맞지 않아'라며 수련을 포기히는 경우가 태반이다. **5**

매일 또는 주기적으로 아사나 수련을 하며 실천 요가(야마, 니야마)를 행하는 생활을 하다 보면 불필요한 여분의 지방과 붓기가 빠지며 몸이 슬림해지고, 신체적·정신적으로 가벼워지는 것을 경험한다. 실천 요가에서는 섭취하는 음식의 통제도 수련에 포함되기에, 불필요한 살이 빠지는 것은 당연한 프로세스. 이렇게 보면, 요가를 통한 다이어트는 상업적 목적을 달성하기 위해 요가 수련 시 발생하는 다양한 현상들 중 극히 일부, 사람들이 혹할 만한 한 부분을 아주 크게 부풀려서 보여 주는 것일 뿐이다. 요가는 다이어트가 아니고, 다이어트는 요가가 아니다.

스트레칭 역시 요가 수련의 극히 일부인 아사나 중에서도 몸 움직임을 만들거나 유지할 때 근육의 길이를 변화시키거나 관절에 조금 더 공간을 만들어 보는 테크닉일 뿐이다. 스트레칭이 요가는 아니고, 요가는 스트레칭이 아니다.

그렇다면 요가 수련이란 무엇일까?

최초의 요가 경전인 파탄잘리의 『요가수트라』를 보면 요가 수련의 궁극 목표, 수련의 최고 경지인 사마디(깨우침, 해탈)에 도달하기 위해서는 일곱 단계를 거쳐야 한다. 야마(하지 말아야 할 것), 니야마(해야 할 것), 아사나(육체 수련), 프라나야마(호흡 수련), 프라티야하라(감각 제어), 다라나(초집중), 디야나(명상)를 거쳐 마지막 8단계인 사마디에 이르는 것이다. 이를 아쉬탕가 요가 혹은 아쉬탕가 8단계 시스템이라고 한다. 간혹 준비된 기질을 가진 경우 이 여덟 단계를 순서대로 다 거치지 않고 한 번에 다라나 혹은 디야나까지 경험하는 이도 있다. 하지만 아주 드문 경우이기에 우리는 아쉬탕가 8단계 시스템을 단계별로 수련한다.

　첫 하위 세 단계인 야마, 니야마, 아사나에서는 신체와 정신이 수련에 입문하여 그다음 단계들을 무리 없이 받아들일 수 있도록 기반을 닦는다. 야마, 니야마, 아사나를 기반으로 프라나야마를 수련하다 보면 자연스럽게 프라티야하라의 단계로 넘어가게 되는데, 이때 단계를 넘어가는 것에 자꾸 집착하고 욕심을 내다 보면 아무리 시간이 지나도 단계를 넘어서지 못하고 정신이 병들기 시작한다. 프라나야마에서 프라티야하라로 자연스럽게 넘어가지 못할 때 프라티야하라 수련을 하며 감각을 제어하는 연습을 할 수도 있지만, 하위 수련들이 받쳐 주지 못하면 아무리 감각 제어 수련을 해도 그다음 단계로 넘어가지 못하고 다시 감정의 노예가 되기 쉽다.

　이처럼 요가 수련에는 단계들이 있고 요기(요가 수련자)는 이 단계들 안에서 '나'라고 인식되는 모든 의식과 감각이 꾸준히 발전하는 경험을 하게 된다.

　이 책에서 저자인 이우제 선생은 단순히 몸을 더 잘 쓰고 싶어서 요가 수련을 시작했다가, 점점 수련이 아쉬탕가 시스템 안에서 자리를 잡고 의식이 꾸준히 발전하는 이야기를 들려준다. 수련과 생활이 별개였다가 점점 수련이 일상으로, 일상이 수련으로 하나가 되는 과정들 속에서 야마, 니야마 수련이 요가 수련의 길잡이가 되어 주는 모습, 야마와 니야마가 없는 상태에서의 요가 수련이 불러오는 혼란, 수련이 한쪽으로 치우쳤을 때 발생하는 에너지 불균형 등에 대해 적고 있다. 종합격투기, 복싱, 브라질리언 주짓수처럼 에너지를 폭발적으로 끌어 올리는 운동을 주로 하던 사람이 에너지를 정적으로 끌어 올려 유지하는 요가 수련을 만났을 때 맞닥뜨린 갖가지 해프닝이 신선한 재미를 준다.

오래전 요가 지도자 트레이닝 기간 중, 이우제 선생은 채식 김밥으로는 허기를 달래기 힘들다며 편의점에서 컵라면을 들고 오다 넘어져서 팔꿈치가 다 까진 적이 있다. 그래서 팔뚝에 피가 흐르는데도 핀차마유라아사나(팔꿈치부터 손바닥까지만 바닥에 대고 거꾸로 선 자세) 수련을 하겠다고 덤비던 풋풋한 수강생이었다. 나는 저자가 요가 수련에 입문한 지 얼마 안 된 시기에 만나, 아사나 수련을 마치 종합격투기 하듯 수련하던 시기를 지나 채식을 하게 되고 아사나에 대한 관점이 변해 가는 모습을 곁에서 지켜봐 왔다. 그 모든 과정이 글에 진솔하게 담겨 있었다. 요가를 하면서 부딪힐 수 있는 일들에 대한 저자의 고백이, 비슷한 과정을 건너고 있는 독자들에게 용기를 주고 지혜가 되어 주면 좋겠다. 아울러 이 책이 더 많은 이에게 요가 철학을 알리는 계기가 되기를 바란다.

The Journey of Life

"다음 책은 에세이 어떨까요?"

"오! 저야 또 책을 쓸 수 있다면 너무 좋죠. 어떤 주제를 다뤄 볼까요?"

"요가 어떨까요? 선생님이 풀어내는 요가 이야기요."

"요… 가… 에세이를요?"

말 대신 글로 수다 떠는 걸 좋아하는 사람인지라, 첫 책(『남의 체력은 탐내지 않는다』)을 냈을 때만 해도 그렇게 부담은 없었다. 운동에 관한 책이야 넘쳐나는 시대고(그러니 나도 한번 써 볼까 하는 마음도 있었고), 퍼스널 트레이너로서 충분히 고민하고 좋은 경험을 쌓은 뒤에 조심스럽게 내 관점을 담은 운동 이야기를 썼기 때문이다. 하지만 요가 에세이를 써 보면 어떻겠느냐는 제안을 받았을 때는 덜컥 겁이 났다.

누구나 요가에 대해 이야기할 수 있다는 걸 알지만, 나에게 요가는 너무나 크고 무거운 주제다. 모르는 사람이 보면 요가란 그저 몸을 쭉쭉 늘리거나 뒤로 젖히고 앞으로 구부리는 운동에 지나지 않겠지만, 사실 요가는 삶과 세계에 대한 깊은 통찰을 위한 수련이다. 솔직히 정말 그런 것인지는 나도 잘 모르지만 그렇다고 배웠다. 또 요가는 물질적인 육체의 한계를 벗어난 깨달음에 이르는 수행 체계라고 일컬어지기도 한다. 이 또한 아직은 내가 그렇다 아니다 말할 처지가 아니지만, 격렬한 아사나 수련을 해 보면 육체의 한계를 벗어나려고 발버둥 치는 게 맞기는 하다. 여하튼 삶, 깨달음, 수행 같은 단어들을 떠올린 순간부터 요가는 가볍게 이야기하기 부담스러운 주제가 되어 버렸다.

　나는 일반적인 요가 강사의 모습을 한 수련자는 아니다. 늘씬하고 길쭉한 팔다리 대신 다소 짧고 땅땅한 느낌의 몸을 하고 있다. 여전히 내 수련에는 요가 외에도 퍼스널 트레이너로서 반복해야 하는 이른바 쇠질(근력 운동)이 포함되어 있다. 퍼스널 트레이너 자격 갱신을 앞두었을 때는 아사나 수련보다 쇠질을 더 많이 할 때도 있다. 요가 수업을 하러 가면 사람들이 나를 강사가 아니라 수업에 처음 참여한 남자 수련생으로 오해할 때도 종종 있다.

　뿐만 아니라 나는 요가 하면 떠오르는 곡예에 가까운 아사나를 능숙하게 수행하지 못한다. 발을 머리 뒤로 넘길 수 있지만, 아주아주 아주아주 충분하게 움직여 몸이 뜨겁게 풀렸을 때나 겨우 될까 말까 한다. 그마저도 허리를 다친 뒤에는 여간해서 시도하지 않는다. 아사나 수행 능력만 놓고 본다면 축구 월드컵 때 한국 대표팀과 비슷하다. 늘 가능성과 기대할 만한 게 있는데 막상 뚜껑을 열어 보면 실망하게 되는. 내 몸으로 수행하는 아사나 수준이란 게 딱 그렇다.

이렇다 보니 내가 요가 에세이를 쓰는 게 가능하긴 한 일인지 의구심이 들었다. 자기 이야기에 전달하고자 하는 메시지를 담아 자유롭게 쓰는 게 에세이라지만, '요가'란 두 글자가 붙으니 멀게만 느껴졌다. 그럼에도 불구하고 책을 써 보고 싶은 마음이 가라앉지 않았다. 두 눈 딱 감고 그냥 내 멋대로 지껄이면 되지, 하는 정신 나간 생각도 들었다.

거절을 잘 못 하는 성격이라 얼렁뚱땅 에세이 집필을 고민해 보겠다고 대답한 뒤 집에 와서 한동안 멍하니 앉아 있었다. 무슨 말을 먼저 해야 할까? 내가 요가를 정말 알긴 할까? 아니, 내가 지금 요가를 하고 있긴 한 걸까? 답답한 마음에 책꽂이 한편에 정리해 둔 요가 지도자 과정 교재를 오랜만에 열어 보았다. 직업 강사로 일하며 실마리가 잡히지 않아 막막할 때 늘 처음 공부했던 교과서를 꺼내서 보곤 하는데, 이번에도 뭔가 통찰을 얻을 수 있지 않을까 하는 막연한 기대감을 품고 책장을 넘겼다. 그리고 다음 구절과 만났다.

The journey of life.

영미권의 요가 수련자들이 요가에 대해 이야기할 때 자주 쓰는 말이다. '인생이라는 여행'이라니, 아리송하면서도 거창하다. 그리고 간편하다. 사람마다 사는 방식이 다른 것처럼 요가도 각자 다를 수 있음을 인정해 버리고 시작하니까. 게다가 삶의 물리적인 시간을 다 바쳐야 할 만큼 긴 여정이 요가라 하니, 어떤 모습으로 하고 있어도 존중받을 수 있을 것 같아 한결 마음이 가볍기도 하다.

이 글을 여러 번 고쳐 쓰며 짧다면 짧고 길다면 긴 내 요가 여정을 되돌아보았다. 요가에 처음으로 발을 들였을 때, 격렬한 척추 움직임과 곡예에 가까운 아사나에 몰입했던 때, 거꾸로 서서 기계 체조 선수를 연상시키는 자세로 수련하는 데 시간을 쏟아붓던 때, 빈야사의 흐름에 푹 빠져 쉭쉭~ 훅훅~ 같은 소리가 나도록 호흡하며 땀을 비 오듯 쏟아 내는 수련에 매진하던 때, 아픈 몸을 이끌고 앉거나 누워서 가만히 손으로 말라(염주)를 굴리며 호흡 수련과 명상만 이어 가던 때가 한 장면씩 스쳐 지나갔다.

이 모든 시기에 내 몸은 팔 두 개에 다리 두 개가 달린 같은 육신이었지만, 나의 요가는 끊임없이 변해 왔음을 알 수 있었다. 어떤 수련이 싫어서, 또는 요가가 괴로워서 이처럼 다양한 선택을 했던 건 아니다. 그저 빡빡한 삶 속에서 요가를 어렵사리 이어 오다 보니 그런 여정이 되었을 뿐이다. 형편이 이러하니 요가가 무엇인지 똑 부러지게 정의할 수 없게 되었다. 그래서 결심했다. 어차피 살아 생전 잘 알게 될지 아닐지도 모르고, 여행에 비유할 수 있는 게 요가라면 나 따위도 한 마디 거들어도 되지 않을까! 요가 이야기 말이다.

여행에서 새로운 사람을 만나듯 요가를 하면서도 수많은 사람을 만났다. 그들을 떠올리며 그들과 나눈 대화를 곱씹어 보았다. 우리의 대화는 늘 비슷했다. 수련할 때 뭐가 힘들었는지, 반대로 뭐가 좋았는지, 누구의 요가는 이렇던데 우리는 어떤지 등등. 그런 우리의 대화는 결국 요가가 뭔지 모르겠으며 우리가 잘하고 있는 건지 모르겠다는 물음표로 마무리되곤 했다. 나는 이 책을 통해 그 물음표를 품고 있는 다른 요가인들의 마음에 요가를 바라보는 나의 마음을 한 스푼 넣어 보려 한다. 이 작은 한 스푼이 누군가의 요가를 더 맛있게 만들 수 있기를, 너무 짜고 강렬한 요가를 조금은 부드럽게 만들어 주기를 기대하면서.

차례

음악을 서로 비교한다면, 음악 듣는 기쁨을 잃게 될 것이다.

– 존 스코필드(재즈 기타리스트)

○
격투가의
비기를 찾아서

～～～～～～～～～～～～～～～～～～

　　　　요가를 처음 시작하면서 기대하던 바가 있었다. 흔히 요가 하면 맨 먼저 떠올릴 법한 고무처럼 쭉쭉 늘어나는 유연한 몸, 군살 하나 없이 날씬한 몸매는 아니었다. 나는 시작이 좀 달랐다.

　고등학교를 졸업할 무렵부터 나는 격투 스포츠에 매료되어 있었다. 복싱, 무에타이, 레슬링, 유도 등 격투 스포츠 방송이라면 가리지 않고 보았다. 그 가운데 종합격투기, 복싱, 브라질리언 주짓수는 그냥 보는 데서 그치지 않고 제법 오래 수련하기도 했다. 수련하는 동안 늘 갈증을 느꼈다. 흔한 훈련법을 반복하는 데서 그치지 않고 정말 강한 파이터들을 최고의 자리에 올려놓은 이른바 '비기'를 배우고 싶었다. 그래서 끊임없이 찾아보고 파고들었다. 그러다 인터넷에서 우연히 영상 하나와 만났다.

　'이거라면 가능하겠다!'

영상의 주인공은 힉슨 그레이시. 브라질리언 주짓수 마스터로 무패의 전적으로 은퇴한 전설의 파이터다. 내가 본 영상에서 힉슨은 격렬한 호흡을 보여 주었다. 가슴을 리드미컬하게 부풀렸다가 꺼트리면서 코로 강하게 쉭쉭 소리를 내며 숨을 마시고 뱉기를 반복했다. 또 배를 쏙 당겨서 마치 장기가 사라지기라도 한 듯 뱃가죽과 등가죽을 딱 붙이기도 했다. 그리고 배 안에서 코브라가 지나다니듯 왼쪽 옆구리에서 시작해 오른쪽 옆구리까지 차례로 한 부위만 내밀었다가 당기기를 반복하기도 했다. 복부의 움직임은 마치 큰 태풍에 파도가 넘실거리는 바다 같았는데, 가부좌로 앉아 두 눈을 감은 얼굴은 고요했다. 그는 이뿐 아니라 유연하지만 에너지 넘치는 특유의 몸풀기 동작들도 보여 줬다.

그것이 무엇인지 궁금해 좀 더 찾아본 끝에 요가라는 걸 알 수 있었다. '요가가 힉슨의 비기였구나!' 착각이었을지 몰라도, 나에게 요가의 첫인상은 이토록 강렬했다. 나도 요가를 하면 남다른 수준의 파이터가 될 수 있을 것 같았다. 남들과 달리 몸 안에서부터 강해질 수 있을 것 같았다. 그렇게 나는 요가를 시작했다.

○

지금
같은 동작 하는 거 맞죠?

〰〰〰〰〰〰〰〰〰〰〰〰〰〰〰〰〰〰〰〰

요가를 좀 더 진지하게 배우겠다고 결심하고 적지 않은 돈을 들여 요가 지도자 과정에 처음으로 참여했다. 이미 몇 년간 퍼스널 트레이너로 일하면서 신체 움직임과 기능해부학에 익숙했고 몸도 제법 유연했기에 자신만만했다. 자기소개를 한 뒤에는 치솟는 자신감을 꾹꾹 눌러야 할 지경이었다. 수업 동기들은 회사에 다니다 몸이 아프기 시작해서, 허리를 다친 뒤에 요가가 좋다는 권유를 받아서, 요가 수업을 듣다 보니 요가가 좋아져서 요가 지도자 과정까지 오게 되었다고 했으니까. '다들 그냥 일반인이구나'라는 마음이 들면서, 좀 더 큰 뜻이 있어서 거기까지 갔으며 직업이 운동인 데다 이미 요가를 한 지 몇 년 된 나는 그들보다 앞서 있다고 생각했던 것 같다.

하지만 첫 번째 빈야사 수련을 마치고 큰 충격에 빠졌다. 정말 무더운 여름날이었던 걸로 기억한다. 1 대 1 트

23

레이닝 수업을 마친 뒤 버스를 타고 부지런히 달려가 수업을 들은 날이었다. 현대적인 요가원이라 폭염의 날씨를 고려해 냉방기를 약하게 돌리고 있었다. 살랑살랑 시원한 바람이 피부에 와 닿았다. 하지만 나는 땀을 주룩주룩 쏟아 냈다. 어디 땀뿐인가. 다리는 왜 그리 속절없이 흔들리며 팔뚝엔 왜 경련이 나는지. 또 마음과 달리 몸은 어쩜 그렇게 뻣뻣한지. 힘들어도 너무 힘들었다.

나는 무거운 케틀벨을 100번씩도 거뜬하게 들어 올릴 만큼 체력이 좋았고, 다리도 앞뒤로 찢을 수 있을 만큼 유연했다. 게다가 힉슨 그레이시를 보고 영감을 얻어 나름 명상을 흉내 내며 요가스러운 자세를 준비해 왔다고 자부했다. 하지만 빈야사 수련 한 번에 자신감은 땡볕 아래 아이스크림처럼 녹아내려 사라졌다. 숨을 쉬고 있는데도 숨찬 느낌, 자세를 버티고 있는데도 무너져 내리는 느낌, 힘을 쓸 수 있을 것 같은데 천근만근 무거운 몸…. 나를 지도하던 선생님은 짓궂은 농담까지 던졌다.

"지금 같은 동작 하는 거 맞죠?"

비슷한 시기에 아쉬탕가 빈야사 요가 워크숍에 참가한 적도 있었다. 편백나무로 마감된 수련실에 쭈뼛쭈뼛 들어갔더니 이모라고 불러도 하나 이상하지 않을 수련자들이 앞줄에 서 있었다. 열정적으로 사는 분들이라고 생각하면서도 조금 얕잡아 봤던 것 같다.

선생님의 산스크리트어 구령에 맞춰 수련이 시작되었

다. 에캄(하나), 드웨(둘), 트리니(셋)… 판차다샤(열다섯). 숫자가 높아질수록 나와 그분들의 움직임엔 큰 차이가 나기 시작했다. 그분들은 그냥 고수였다. 붕붕 날아다녔다. 체중이 없는 사람들이라는 생각이 들 정도였다. 그리고 다들 몸은 어찌나 유연한지 다리를 겨드랑이에 끼우고 몸을 비틀어 등 뒤에서 양손을 맞잡기도 하고, 두 발을 머리 뒤로 넘겨 교차한 상태에서 양손으로 몸을 들어 올리기도 했다. 팔굽혀펴기나 턱걸이라면 내가 더 잘할 텐데, 왜 나는 동작이 무겁고 저분들은 가벼울까? 100미터 달리기라면 내 기록이 훨씬 좋을 텐데, 왜 나는 느리고 저분들은 민첩할까? 내가 동경한 힉슨 그레이시에는 나보다 그분들이 더 가까워 보였다. 어쩌다 이런 일이 벌어진 걸까? 머릿속이 혼란스럽기만 했다.

여기서 잠깐 나의 짝을 소개해야겠다. 이 사람으로 말할 것 같으면 일단 운동을 정말 싫어한다. 하면 잘하는데 이상하게 안 한다. 집에서 같이 운동하면 10분을 넘기지 못하고 드러누워 소파와 일체가 되는 사람이다. 그런데 이런 짝이 신체적으로 나를 압도할 때가 있다. 바로 쇼핑할 때. 그녀는 쇼핑센터 전체를 다 돌아도 전혀 지치지 않는다. 다리도 안 아파하고 피곤해하지도 않는다. 심지어 어떤 날에는 쇼핑센터를 몇 바퀴 돈 뒤에 오히려 에너지가 충전된 것처럼 팔팔해지기까지 한다.

하지만 난 쇼핑센터의 공기를 맡기 시작해서 15분쯤 지나면 급속도로 지치기 시작한다. 마치 200미터 달리기를 전력으로 연거푸 네다섯 번은 반복한 느낌이 든다. 쇼핑 막바지에 이르러 짝이 마지막으로 한 바퀴를 더 돌겠다고 하면 나는 그러라고 하고 카페인을 수혈하러 커피숍으로 향한다. 그렇게 잠시 쉬어야 간신히 함께 집으로 돌아갈 힘이 생긴다. 이렇게 운동과 쇼핑을 비롯해 어느 맥락에 놓이느냐에 따라 우리 둘의 체력은 상대적으로 약해지거나 강해지기를 반복한다.

요가 지도자 과정에 참여하기 전, 나에게 익숙한 움직임은 내 몸을 고정해 놓고 외부의 물체(쇳덩이나 사람)를 밀거나 당기는 것이었다. 이와 달리 요가는 중력을 견디며 내 몸을 움직이는 것이다. 내가 인지하든 인지하지 못하든 몸은 계속해서 중력을 견뎌야 한다. 그런데 숙련된 요가 수련자는 중력을 잘 이용한다. 중력을 타고 논달까! 그분들은 몸의 무게 중심을 적절히 옮겨 가며 힘을 덜 써도 잘 버티고 움직일 수 있는 곳에 둔다. 물론 그렇게 할 수 있을 만큼 몸이 유연하고 부드럽다. 하지만 몸이 더 두껍고 뻣뻣한 나는 중력에 덜 저항할 수 있는 자리에 몸을 두려면 힘을 더 써서 몸을 접거나 비틀어야 했다. 당연히 더 힘들고 더 빨리 지칠 수밖에.

쇳덩이를 들어 올리는 속칭 헬스와 요가는 대척점에 있

는 듯 보인다. 이 양쪽에 모두 발을 담그고 수련하려 안간힘을 쓰다 보니 몸을 바라보는 서로 다른 두 개의 시선이 차츰 내 안에 자리 잡았다. 그러면서 강하고 저력 있는 사람들을 내가 얼마나 오랫동안 무시해 왔는지 깨닫게 되었다. 부상이 있으면 있는 대로 자기 수련을 이어 가는 사람, 신체 조건이 상대적으로 불리해도 자신이 몸담은 분야에서 꾸준히 연마하는 사람, 삶이 넉넉하지 않아도 나약해지지 않고 부지런히 살아가는 너무나도 많은 사람들이 있었다. 그리고 그들의 일상은 내게 이렇게 말하는 듯했다.

"어설프고 힘들어 보이겠지만 나름 괜찮아."

어쩌면 우리는 모두 자기 자신이 가장 강해질 수 있는 순간과 만나기 위해 살아가고 있는 건 아닐까? 이 질문이 내 안에 화두로 자리 잡은 뒤 요가가 내 삶에 더 깊이 들어오기 시작했다.

○

혼자
수련한다는 것

요가 강사로 자리 잡기까지 정말이지 많은 선생님들을 찾아다니며 여러 가지 수업을 받았다. 지도자가 되기 위한 교육도 있었고, 아주 작은 소도구를 사용하는 방법을 배우는 수업도 있었으며, 아사나 수련뿐 아니라 명상과 호흡 수련까지 필요하다 싶은 게 있으면 가리지 않고 여기저기 찾아다녔다. 이렇게 마구잡이로 쫓아다녀도 되는 건가 싶을 때도 종종 있었지만 멈추지 않았다. 지나고 보니 이 모든 것이 내 나름의 길로 정리되고 묵묵히 수련을 이어 가는 밑거름이 되었다.

요가 수업은 점점 더 다양해지고 있다. 각양각색의 선생님들이 각자의 수련 경험을 자신의 언어와 방식으로 전달하고 있다. 돈과 시간의 여유만 있다면 누구나 원하는 내용을 끊임없이 배울 수 있는 시대다. 특히 온라인 수업에 참여한다면 자기 스케줄에 맞추기도 상대적으로 쉬워서,

요가 하는 사람들에게 요즘만큼 요가 배우기 좋은 때가 어디 있을까 싶은 생각이 들기도 한다.

그런데 이상하게도 많은 수련자들이 갈증을 느낀다. 여전히 요가는 알 수 없는 것투성이고, 앞으로 요가를 어떻게 해 나가야 할지 모르겠다는 말들이 여기저기서 들려온다. 오늘은 A 선생님을 만나서 마음의 위안과 요가 수련에 대한 희망을 얻고 돌아갔다가, 내일이 되면 다시 좌절하고 B 선생님을 새로 찾아가야 할지 고민하는 건 비단 몇몇 사람만의 고충이 아닌 듯하다.

나의 길에 깊은 영감을 준 P 선생님이 있다. 이분은 퍼스널 트레이너들이 요가에 거의 관심을 보이지 않던 시절에 홀로 외국으로 나가 한 달간 숙식하며 많은 고생 끝에 요가 지도자 과정을 마치고 돌아왔다.

P 선생님의 첫 번째 오픈 클래스에 참여했다. 당시 나는 퍼스널 트레이너로서 무얼 더 배워야 할지 쉼 없이 고민하고 탐색하던 시기였다. 그래서 먼저 요가를 시작하고 공부한 선생님에게 조언을 구하기로 했다.

"지금 제가 뭘 더 배우면 좋을까요?"

나는 선생님이 수련하는 장르의 요가나 다른 이론 공부에 대한 답을 기대하고 있었다. 그런데 선생님은 반문했다.

"우리가 정말 배운 게 없어서 못하는 걸까요?"

당연히 배운 건 많았다. 나름 시간과 돈을 투자하며 열정을 불사르고 있었으니까. 그렇다고 더 배울 게 없는 건 아니지, 속으로 이렇게 반문하고 있을 때 선생님이 말을 계속했다.

"제 선생님이 제게 이렇게 말씀하시더라고요. '당신, 이미 정말 많이 배웠어. 더 찾지 말고 이제 해 봐.'"

순간 마음속 질문이 멈췄다. 배우러 다니는 데만 골몰했지, 배운 걸 써먹는 데는 소홀했다는 자각이 즉시 올라왔으니까. 최신형 스마트폰을 구입한 다음 온갖 유료 앱을 잔뜩 받아 깔아 놓고서는 전화 걸고 메시지 보내는 용도로만 사용하는 사람이 요가로 치면 딱 나였다. 직접 시도하여 좌충우돌하면서 배운 걸 되짚어 보고 궁리해 봐야 내 수련에, 나아가 내 삶에 스며들 수 있지 않겠나. 이 당연한 걸 왜 못 보고 있었을까. 짧은 대화였지만 커다란 전환점이었다. 이 대화를 기점으로 나는 혼자 수련을 시작하게 되었다.

일단 뭐라도 해 보자는 마음으로 아침이고 낮이고 밤이고 가리지 않고 짬이 되면 요가를 수련하기 시작했다. 처음엔 매트도 깔지 않고 수련을 했다. 매트 깔고 분위기 잡다가 시간을 너무 많이 잡아먹었기 때문이다. 그렇게 그냥 책상 뒤 맨바닥에 엉덩이를 붙이고 앉아서 숨만 쉬는 것부터 시도했다. 처음엔 3분도 못 앉아 있었다. 정말 오만 가지 생각이 다 들었다. 이렇게 하는 게 맞나, 왜 엉덩이는 이렇게 불편하지, 얼마나 해야 잘하는 거지…. 옆에서 답을 가르쳐 주는 사람이 없으니 답답해서 죽을 노릇이었다.

그러다 호흡 수련을 먼저 하는 건 일단 포기했다. '가만히 앉아서 명상하는 걸로 셀프 수련을 시작하기엔 나의 요가 내공이 너무 얕은 것 같아. 그리고 명색이 퍼스널 트레이너답게 움직이는 걸로 시작하는 게 제격이지. 몸 쓰는 거야 익숙하기도 하고 어느 정도 자신도 있으니까. 일단 만만해 보이는 수리야나마스카라(태양 경배 자세)를 열 번 하고, 그다음에 명상을 해 보자!'

숨을 열심히 마시고 뱉으려 노력하다 보니, 몇 번 했는지 잊은 채 아사나를 반복하고 있는 나를 발견하게 되는 날도 있었다. 그런 날에는 움직임에 집중하는 것이 이런 걸 말하는 건가 싶기도 했다. 그리고 그렇게 움직이다가 불현듯 멈춰 스르륵 자리에 앉아서 눈을 감으면 하루 중 가장 고요한 시간을 마주할 수 있었다. 그렇게 혼자서 수련을 했다는 만족감과 성취감부터 내가 나를 고요하게 만들 수 있다는 가능성까지 한 번 두 번 맛보기 시작했다.

만물이 마땅히 그러해야 할 방향이 있다고 했던가. 신기하게도 홀로 수련하며 무언가에 골똘히 집중하거나 궁리하다 보면, 나도 모르게 책장 어딘가에 꽂혀 있는 관련 서적을 열어서 궁금한 내용을 찾아보고 있었다. 그 전까지는 사 두고도 있는 줄 몰랐던 책이었는데, 우연히 눈에 띄어 펼쳐 보았더니 내가 느꼈던 감각이나 경험을 요가의 언어로 설명하고 있다고 상상해 보자. 그럴 때 기분이 어떨까? 나는 이 묘한 우연에 소름이 돋았다. 오래전에 읽고서 내 기억 어딘가에 희미한 흔적으로만 남았던 것이 불려 나온 것인지, 요가에서 말하듯 통제할 수 없는 흐름에 내맡긴 덕분인지는 알 수 없었지만, 그렇게 수련이 이어지고 깊어지는 희열은 말로 표현 못 할 만큼 컸다.

이렇게 홀로 수련하면서 그동안 여기저기서 모아 둔 다양한 배움의 조각들이 하나씩 맞춰져 갔다. 여러 선생님이 지나가듯 해 주신 말씀부터 머리 싸매고 시험 보며 공부했던 내용까지, 홀로 수련을 반복하는 사이 자연스레 정리되기 시작했다. 수많은 퍼즐 조각이 맞춰지면 큰 그림이 보이게 된다. 그리고 큰 그림을 보게 되면 전혀 상관없어 보이던 작은 조각들이 꼭 필요한 것임을 알 수 있다.

이제는 수련의 길에서 만나는 것 가운데 무엇이 맞고 무엇이 틀리는지 크게 고민하지 않는다. 모두 의미가 있음을 지나고 나서 알게 되었기 때문이다. 그래서 지금은 내가 이해할 수 없거나 동의할 수 없는 것을 힘들여 붙잡고 애쓰지 않는다. 그저 가만히 흘려보내려고 한다.

○
호흡과
바나나

～～～～～～～～～～～

요가를 시작하면 크게 두 가지 수련 방법에 주목하게 된다. 명상 수련과 아사나 수련이다. 물론 더 광범위하고 폭넓은 수행 방법이 있을 것이다. 다만 평범한 한국인들이 '요가 한번 해 볼까?' 하고 인터넷을 검색하거나 요가원을 수소문하다 보면 대체로 이 두 가지에 이르게 된다는 뜻이다.

그러다 보니 스트레스가 많고 마음이 괴로워 자신을 돌보고 싶은 생각에 요가를 찾은 사람이라면, 요가를 산들바람이 부는 숲속의 잔잔한 호숫가에서 담요나 매트를 정갈하게 깔고 차분히 앉아 눈을 감고 명싱하는 수련사의 이미지로 그려 낼 법하다. '요가'와 '명상'이란 단어가 주는 기대감이랄까. 내게도 그런 기대 속에서 요가를 하던 시기가 있었다. 그땐 일단 요가를 하기만 하면 마음이 고요해지고, 습관적으로 버럭버럭하는 모습도 줄어들 줄 알았다.

하지만 그 시기를 떠올리면 부끄러운 장면들이 머릿속을 지나간다. 짝과 연애하던 시절에 짝이 유명한 애니메이션을 예매한 적이 있었다. 나는 자막 버전이 아니라 더빙 버전이라는 이유로 못마땅해서 투덜대다가 짝이 내 마음을 이해하지 못하는 것 같아서 그만 소리를 버럭 지르고 말았다. 어느 명절에는 결혼과 취직 이야기가 계속 나오는 게 기분 나빠서 집을 나가 버린 적도 있다. 아침부터 계획대로 움직이지 못한 날엔 세상이 나를 못나게 보는 것 같아서 지나가다 어깨가 부딪힌 사람에게도 욕을 한 바가지 퍼부어 줘야 직성이 풀리고는 했다. 일종의 감정 노동이 필요한 퍼스널 트레이너로 일하면서 매너 있고 친절하며 이야기 잘 들어 주는 미소 가득한 공적 페르소나가 강화되는 만큼, 공격적이고 폭력적인 그림자도 따라서 더욱 짙어졌던 것 같다.

"회원님, 오늘 컨디션이 많이 안 좋아 보이시네요. 차근차근 몸 풀면서 시작하시죠." 겉으로 이렇게 말하면서도 속으로는

'어떻게 매일 골골대고 징징대기만 하지. 돈 내고 운동을 이렇게 하고 싶을까'라고 생각하기도 했고,

"회원님, 잘하셨어요. 그런데 조금 더 견고하게 움직여 주셔야 해요." 이렇게 응원했지만

'몇 번을 말하는데 도대체가 바뀌지를 않네. 기대를 하지 말자'라고 포기한 때도 있었다.

애당초 진심이 아닌 말들은 나를 더 억압할 뿐이었다. 도움 되는 강사가 되고 싶었던 초심과는 다르게 진상 회원을 가려내는 교만과 시간을 때우려는 태만이 차오르기 시작할 무렵이었다. 정신을 차리고 보니 나는 하루도 거르지 않고 술을 마시고 죄 없는 의자에 화풀이하고 있었다. 이대로 두면 안 되겠다는 경각심이 들어 다음 날 정신과를 찾아갔다. 의사 선생님은 반문했다.

"요가 하신다면서요? 그럼 도움이 좀 될 텐데요."

허탈하기도 하고 민망하기도 했던 그 말. "요가 하신다면서요?" 내가 한 요가에는 무엇이 빠져 있던 것일까? 그리고 정신과 선생님이 생각한 요가는 무엇이었을까?

어느 날 짝이 말했다.

"아휴… 난 오빠처럼은 요가 못 할 거 같아."

"엥? 왜?"

짝은 요가란 게 조용히 앉아서 명상을 하거나 숨을 깊게 들이마시고 내쉬면서 가만히 있는 거라고 생각했다 한다. 그런데 나는 집 한구석에서 열을 끌어 올리며 다스베이더의 숨소리와 비슷한 소리를 내며 숨을 쉬고(우자이 호흡), 땀을 비 오듯 흘리며 위로 뛰고 뒤로 넘어가고 거꾸로 섰다. 이렇게 격하게 움직이니 짝이 질색할 수밖에.

"아니, 요가에 이런 것만 있는 건 아냐."

황급히 수습했지만 속으로는 부끄러웠다. 명상을 하기는 했지만, 다리를 잘 찢고 몸만 쭉쭉 늘리면 요가를 잘하 35

는 거라고 나도 모르게 생각하고 있었다는 '현타'가 왔기 때문이다. '아, 내 수련에 빈구석이 있구나!'

이런 일들을 계기로 탐문 조사하듯 요가에 대해 아름아름 묻기 시작했다. 그렇게 나는 '명상'이라는 요가의 또 다른 면에 주목해 나갔다.

파탄잘리의 『요가수트라』에 따르면 명상이란 마음이 한곳에 계속 모이는 것이라 한다. 우리는 무언가에 집중하는 것에 익숙하다. 스마트폰으로 소셜 미디어에 접속하고 있다 보면 순식간에 시간이 사라지고, 소파 위에 늘어져서 드라마를 1화부터 정주행하기 시작하면 하루 이틀은 거뜬히 삭제할 수 있다. 다만 이렇게 집중하면 거북목과 늘어나는 체지방이 따라붙는다는 부작용이 따르긴 하지만. 이런 집중도 『요가수트라』에서 말하는 명상에 들까? 아마도 아닐 것이다. 부작용을 낳는 집중을 명상으로 권하진 않을 테니까.

그럼 어떤 집중이 계속되어야 명상일까?

일단 명상을 하겠다고 바닥에 앉아 보자. 그럼 십중팔구 5분 내로 오만 가지 감각이 떠오른다.

'다리가 불편하네.'

'허리가 뻐근한데.'

'발에 피가 안 통하는 것 같아.'

'아, 졸려.'

'언제까지 하지?'

  …

  이렇게 앉아 있는 순간을 불편하다고 느끼기 시작하면 생각이 꼬리에 꼬리를 물고 확장되기 시작한다. 특히 일과를 마치고 밤에 명상을 하려고 앉으면 아침 출근길에 있었던 일을 시작으로, 점심으로 먹은 음식의 맛과 식당에 대한 평가, 퇴근길에 친구와 술 한잔 못 한 아쉬움 같은 것까지 분수처럼 솟아오른다. 그러다 생각이 다음 날 다시 출근해야 한다는 것과 업무 목록으로 이어지기라도 하면 고뇌의 시간 속으로 빨려 들어가는 건 순식간이다.

  명상을 하면서 생각을 멈추기란 정말 어렵다. 우리가 이렇게 저렇게 생각하라고 가르치는 세상에 사는 데 익숙해서 더 그런 것도 같다. 그래서일까. 생각을 멈추고 살라는 말은 돈 한 푼 쓰지 말고 살라는 말처럼 들리기까지 한다. 명상에 갓 입문한 시절(여전히 나는 명상이라는 거대한 세계의 아주 작은 부분만 경험했겠지만 편의상 이렇게 표현한다), 나는 생각을 멈출 수 없다는 데 깊은 자괴감을 느끼며 답답해했다. 한편으론 나만 안 되는 건 아닐 거라고 스스로 위로하기도 했지만 타박하는 마음이 너 컸다. 그러다 우연히 한 스님의 말씀을 듣고 놀라운 발상의 전환을 할 수 있었다.

  "여기 길길이 날뛰는 원숭이가 있습니다. 원숭이를 얌전하게 하려면 어떻게 해야 할까요? 줄로 묶는다고 매질을 한다고 원숭이가 가만히 있을까요? 원숭이를 달래려면 바나나를 주면 됩니다.”

　폭발하는 생각들과 요동치는 마음을 원숭이라고 생각해 보자. 이 원숭이는 하지 말라고 하면 할수록 더 길길이 날뛴다. 이제 그 생각 안 하겠다고 외치는 순간 더 자주 생각하게 된다. 짝사랑할 때를 떠올려 보자. 그 사람 생각이 멈추질 않으니 마음을 달랠 수 없어 얼마나 괴로운가. 그럴 때는 이 생각이란 원숭이에게 바나나, 다시 말해 집중할 대상을 주면 된다. 다만 명상에서는 집중할 대상을 텔레비전이나 스마트폰처럼 어지러운 바깥 대상에 두는 게 아니라 나 자신에게 둔다. 나는 아주 기초적이고 단순하게 실천해 보기로 했다. ‘호흡’이라는 바나나를 내 안의 원숭이에게 던져 주기로 한 것이다.

　호흡은 누구나 하고 언제든 한다. 도구도 필요 없다. 눈을 감고 있으면 아무것도 보이지 않기 때문에 집중하기에 이만 한 대상도 찾기 어렵다. 눈을 감고 있노라면 코끝으로 공기가 와 닿고, 그 공기가 몸 안으로 들어와 차갑던 것이 따뜻하게 데워지면서 가슴으로 들어간다. 그렇게 들이마신 숨이 가슴을 부풀리고 배와 허리 뒤쪽까지 지그시 밀어낸다(이때 척추가 한결 편하게 세워지는 느낌을 받을 수도 있다). 들숨의 끝에 굳이 애써 멈추는 순간 없이 숨을 들어온 길로 자연스럽게 내보낸다. 이제 부풀어 두꺼워졌던 배와 허리가 다시 얇아지고, 잠시 완만하게 부풀던 가슴이 가볍게 내려앉고, 코끝으로 스르륵 공기가 나가면 한 번의 호흡이 끝난다.

호흡을 이렇게 관찰하는 동안, 짧은 시간이지만 다른 생각은 멈추게 된다. 과거에 했는데 아쉽거나 후회되는 일들도, 지금 당장 해야 하는데 미뤄 두어서 마음이 쫓기던 일들도 잠깐 동안 생각의 울타리에서 나가 있는다. 이렇게 호흡을 한 번 관찰하는 사이 짧지만 명상을 시도해 본 셈이다. 이 짧은 집중이 쌓이고 모여서 이어지면 명상이 된다. 영적 지도자 오쇼 라즈니쉬의 표현에 따르면 물방울이 똑똑 떨어지며 끊어지는 것과 비슷한 찰나의 집중이 마침내 끊임없이 미끄러져 흘러내리는 기름처럼 이어질 때 명상에 이르게 된다고 한다.

이론이 그렇다는 건 이미 알고 있었다. 하지만 퍼스널 트레이너이자 쇠질에 여념 없던 청년이던 나는, 명상을 시작한 뒤 오히려 이 호흡에 걸려 덜컥거렸다. 요가 호흡법은 내가 익숙하게 구사해 왔던 방식과 다른 것도 많았고, 그때의 내 상식으론 납득이 안 되는 경우도 있었기 때문이다.

'숨을 미시는데 왜 배를 당겨야 하지?'

이상하게 요가 수련에서는 배를 당기란 말을 많이 한다. 반면 이른바 헬스 보이들에게 배는 빵빵하고 딴딴하게 만들어서 무게를 힘차게 들어 올리도록 버텨 주는 에어백이 되어야 한다. 그래서 배를 당기면서 움직이라는 설명을 들었을 때 정말 의아했다. 나름 경력 있는 퍼스널 트레이너의 자존심에, 요가 선생님들이 해부학은 공부 안 하고 배운 대로만 가르쳐서 저런 식인 거라고 생각한 적도 있었다. 남들 앞에서 자랑스럽게 말로 꺼내 놓지 않았으니 망정이지, 무식한 오만함에 입이 조금만 가벼웠더라면 밤새 이불킥은 기본이고 분명 평생 후회할 일을 수두룩하게 저질렀을 터였다. 여하튼 다행스러운 건, 혼자 수련하면서 다양한 시행착오를 겪는 동시에 여러 선생님의 같지만 다른 언어와 맥락으로 풀어내는 가르침을 들으면서 얼른 알을 깨고 나왔다는 점이다.

겉으로 보기엔 다 똑같은 호흡을 하면서도 방식에 따라 몸을 다르게 사용할 수 있다는 걸 알아 가면서, 내가 알던 호흡의 세계란 그냥 작은 열쇠 구멍을 통해 바라본 것이었음을 깨닫게 되었다. 그리고 그 열쇠 구멍을 더 넓힐 수도 있지만 아예 없애 버릴 수도 있다는 것도 알게 되었다.

명상을 할 때 호흡을 집중의 대상으로 삼으면 몸 상태나 감정에 따라 호흡이 미세하게 다름을 볼 수 있게 된다(최근에 읽은 해부학 책에는 백 가지가 넘는 호흡 방식이 있다고 나와 있었다). 명상 초기에는 오래 앉아 있는 게 불편해서 누워서 자주 시도해 봤는데 아주 흥미로웠다. 스트레스가 많거나 감정이 격앙되었을 때는 숨을 아무리 크게 마셔도 보통 때처럼 배가 부풀어 오르는 느낌이 없었다. 호흡이 얕다고나 할까. 빗장뼈와 가슴 윗부분만 움직이는 호흡은 답답하게 느껴졌다. 반대로 너무 늘어지고 게으른 날엔 나무늘보처럼 몸이 바닥에 쩍 달라붙어 호흡도 느리고 아주아주 잔잔했다. 어디가 부풀고 내려가는지 느끼기 힘들 만큼. 처음엔 누워서 연습하다 깜박 잠들기도 했었다(불면증으로 고통받는 분들에게 추천).

호흡을 바라보는 게 익숙해지고 다양하게 숨 쉴 수 있다는 걸 받아들이기 시작한 뒤로는, 앉아서도 호흡을 관찰해 보고 아사나 수련에서도 호흡을 관찰해 보았다. 나는 이렇게 소박하게 명상의 세계로 들어섰다. 어떤 날엔 정말 몰입이 잘되어 눈을 떠 보니 30분, 한 시간이 지나 있기도 했다. 혹시 잠들었던 건 아니냐고 의심하는 마음이 드는 분께는, 정말 잠들지 않고 명상을 했다면 내가 잠들었던 게 아닐까 하는 의심이 아예 들지 않는다고 말씀드리고 싶다. 잠들었던 거 아닐까 하는 의심이 든다면 정말로 졸았던 거라고도.

명상을 하면서 어떤 사람들은 색깔을 보거나 놀라운 형상을 마주하기도 한다는데 나는 아직 수련이 부족해서 그런지 그런 경험은 없다. 누군가의 경험담을 듣고 나면 나는 왜 저런 경험이 없는지 궁금증이 들면서 조급해질 수도 있다. 하지만 나는 누군가가 방법이나 방향을 안내하고 조언해 줄 수 있지만 명상은 개인적인 것이 아닐까 하고 생각한다. 다른 사람의 경험은 그 사람의 수련이 낳은 결과일 뿐, 나의 경험은 다를 수 있고 남의 경험과 비교할 수 있는 게 아니다. 그리고 다른 사람의 경험에 빗대어 나의 수련을 기대한다면 생각이란 원숭이가 더 날뛰게 될 수도 있고.

　명상에 관한 다양한 후기는 내 수련 또한 방대하게 확장될 수 있음을 뜻하는 가능성으로 받아들이기로 했다. 명상을 시도했다는 것부터 이미 남다른 수련에 발을 내딛은 큰 도약이다. 이게 맞을지, 잘하고 있는 건지 걱정하고 의심하기보다는 어제의 명상은 어제의 일로 흘려보내고 오늘 집중할 순간에 머무를 뿐이다.

○
치앙마이에서
배운 것

～～～～～～～～～～

　　　　　　일과 사람에서 오는 스트레스로 무너지는 심
신을 바로잡고자 요가를 했는데, 요가를 한다고 해서 내
가 스트레스를 더 잘 견디고 화를 덜 내며 고요한 사람이
되는 건 아닌가 보다. 여전히 짝이 시시때때로 농담 반 진
담 반으로 이렇게 나를 핀잔하곤 하는 걸 보면.

　"뭐야, 성격이 왜 이래!"

　그다지 화낼 일이 아닌데도 욱하고, 그냥 흘러가는 대
로 두어도 아무런 문제가 없는데 오두방정 호들갑에 초조
해하기 일쑤인 나를 보고 하는 말이다. 오히려 나보다는
요가란 단어에 담을 쌓고 사는 짝이 너 요가 하는 사람저
럼 고요하고 평화롭다. 왜 내 명상은 앉은 자세를 풀자마
자 흔적도 없이 사라질까? 왜 일상으로 돌아오면 내 마음
은 다시 미친 원숭이처럼 날뛸까? 나에겐 명상이 일상으
로 스며드는 연습이 필요했다.

파탄잘리의 『요가수트라』에 따르면 명상에 이르기 위해선 '감각을 제어'할 수 있어야 한다. 이에 대해 내가 이해한 바를 정리하면 이쯤 될 것이다. '명상 상태에 이르기 위해서는 온전히 내 안에 집중하기 위해서 밖으로 산란하게 뻗쳐 나가는 오감을 다스려야 한다.' 처음에 이 내용을 읽었을 때는 '아니, 사람이 자기 감각을 제어하지 못하나?'라는 생각이 들었다. 역시 나는 뭘 몰랐다. 지금 돌아보면 내 몸, 내 감각만큼 말을 안 듣는 게 없기 때문이다.

프라티야하라(감각 제어). 내가 화를 내고 불안해하고 조급해하던 순간을 곰곰이 돌아보면, 그때 내 오감은 한순간도 나 자신을 향한 적이 없었다. 하다못해 숨이라도 돌려 보자는 생각도 못 하는 경우가 적지 않았다. 아직 마주하지 않은 일들, 내 삶에 전혀 영향을 주지 않을 사람들의 평가와 의견, 또는 이미 지나가 버린 일들과 그 기억에 오감이 묶여 있었다. 이러니 당장 눈앞에 있는 일에도 집중하기 어려울 수밖에. 그러면서도 수업에 오는 분들께는 "현재에 집중하세요"라고 또박또박 말했다.

그런 내게, 일상에서 내 행동과 감각에 집중하는 연습에 큰 도움이 된 수업이 찾아왔다. 태국 치앙마이에서 열린 요가 리트리트에 처음 참여했을 때였다. 선생님의 친구인 아모리네 집에 머무르며 채식을 하고 명상과 아사나 수련을 하는 일정이었다. 넓고 푸른 논을 마주 보고 있으며 작은 개울을 옆에 끼고 있는 아모리네 집은, 거기에 머무르기만 해도 수련이 되는 듯한 느낌을 주었다. 계속 그곳에서 수련하며 살고 싶다는 마음이 들 만큼. 아모리의 오빠가 깊이 있는 명상가여서 많은 사람이 가르침을 구하러 집으로 찾아온다는데, 명상가의 공간답게 만트라를 반복하는 소리도 종종 들려왔다.

그곳에서 머무는 동안 아모리가 걷기 명상 수업을 몇 차례 열어 주었다. 처음 걷기 명상을 시작했을 땐 괴로웠다. 새벽같이 일어나 이슬 젖은 풀 사이를 걷다 보면 모기가 달라붙어 성가시기만 했고, 제대로 씻지 않아 찝찝하고, 잠도 깨지 않아 멍한 상태로 걸으니 나른해 죽을 지경이었다. 그냥 아모리가 간간이 나지막하게 던져 주는 말을 듣고 좀비처럼 따라 할 뿐이었다.

좋은 건 나중에야 그 가치를 알게 된다고 했던가. 이 걷기 명상 수업이 그랬다. 일정이 텅 비어 한가했던 어느 날, 멍하니 걷다가 문득 발로 주의가 갔다. 뒤꿈치가 먼저 땅에 닿고 발바닥이 부드럽게 바닥에 붙었다가 엄지발가락으로 톡 밀어 주면서 다시 땅에서 떨어지는, 걷는 그 순간의 발. 이때의 기억이 불현듯 머리에 스쳤다. '아모리가 걷기 명상 수업에서 발이 바닥에 닿고 체중이 실리고 다시 들어 올려지는 짧은 순간순간에 온전히 집중하라고 했었지!' 음악을 듣던 이어폰과 주머니에 찔러 넣었던 손을 빼고 그냥 걷기로 했다. 생각이 떠오를 때면 다시 발과 호흡 45

으로 의식의 초점을 옮기며 가만히 걸었다. 집으로 돌아오는 시간이 찰나처럼 느껴졌다.

그날 이후로 마음이 좀처럼 진정되지 않을 때면 아무것도 지니지 않고 걷고는 한다. 스마트폰은 절대 보지 않는다. 음악도 듣지 않는다. 바람이 귀를 스치면 스치는 대로 그냥 지그시 앞을 보고 걷는다. 걷는 행위 자체, 걷는 그 순간에만 집중하려고 한다. 물론 신호가 부실한 와이파이처럼 집중이란 게 되다 안 되다 하지만, 원숭이처럼 날뛰는 마음에 속절없이 끌려가는 것에 비하랴.

내 인생 첫 반려견 '백곰'이가 삶에 들어온 뒤엔 이런 연습이 훨씬 편해졌다. 아침에 일어나 날씨에 맞춰 아무 옷이나 주워 입고 백곰이랑 문을 나선다. 어디로 가야 한다는 목적, 이다음에 무얼 해야 한다는 계획을 다 내려놓고 그냥 백곰이랑 걷는다. 간간이 주변 사람이나 다른 반려견과 마주쳐 주의해야 할 때도 있지만, 백곰이와의 리듬 속에서 걷는 행위에 온전히 내 몸과 마음을 집중해 본다. 매일 아침 이 연습은 나에게 행복한 게으름을 선물해 주었다. 마냥 걷다 들어오면 머릿속이 하얀 도화지처럼 깨끗해진다. 눈 뜨자마자부터 해야만 하는 일에 매몰되었을 때는 찾아오지 않던 경험이다.

그런 날 집에서 가만히 앉아 있다 보면 지금 나에게 가장 필요한 것들에 자연스럽게 손이 간다. 어떤 날엔 설거지를 하고, 몸이 안 좋을 땐 잠을 더 자기도 하고, 의욕이 차오르는 날엔 글을 적어 보거나 책을 펼치게 된다. 똑같은 선택을 하더라도 내게 진실하게 필요한 걸 찾아갔을 때 오래 해도 덜 지치고 싫증도 나지 않았다. 물론 백곰이와의 산책이 주는 이 효과는 아직 지속 시간이 짧긴 하다. 아침의 이 고요는 시간이 지나 잠잠하던 마음이 다시 기지개를 켤 때 즈음이면 흔들린다. 특히 습관적으로 보던 소셜 미디어에 접속하여 세상의 시선과 말, 타인의 삶에 눈과 귀가 끌려가는 순간 고요는 온데간데없이 사라지곤 한다.

여전히 좌충우돌하지만, 적어도 이젠 지금 내 감정이나 반응을 잠깐이라도 떨어져서 바라보는 시도는 할 수 있게 되었다. 내가 느끼고 생각하는 게 진짜 나는 아닐 수도 있다는 각성이 짧게라도 일상에 들어오는 순간 전처럼 유별난 성질머리를 부리지 않게 된다. 아직도 짝이나 어머니가 나보다 더 요가 수련자 같은 미소를 보이고 있지만, 그 둘이 나를 보고 "전보다 많이 부드러워지고 편해 보여"라고 말하는 걸 보면 일상으로 명상을 들여오는 연습이 의미가 없지 않은 듯하다. 이대로 계속해 나가도 된다는 뜻이겠지. 경험에 나를 활짝 열어 두고.

꼭 새벽에
수련해야 할까

대학교 1학년 때 마이크 타이슨처럼 멋진 복서가 되고 싶어서 매일 새벽 다섯 시에 일어나 사과 반쪽을 먹고 3킬로미터 넘게 달리기를 하던 때가 있었다. 동틀 무렵의 고요한 세계 속에서 나 자신과 고독하게 대면하며 무언가를 성취해 가는 그 시간은 자부심이 느껴질 만큼 멋졌다.

새벽에 그렇게 달리면 학교 수업을 들으러 가는 버스에서 실신한 듯 잠들었다. 그러다 버스 정류장을 지나쳐 다음 정류장에서 내리기라도 하는 날이면 강의실까지 다시 전력으로 뛰어야 했다. 강의 시간에는 쏟아지는 졸음을 이겨 내려고 커피를 쏟아붓듯 마셨는데, 지루한 개론 수업에는 이걸로도 멀어져 가는 정신줄을 붙잡기 힘들었다.

이윽고 시험 기간이 되었다. 밤늦게까지 공부를 했더니 도저히 새벽에 달릴 수가 없었다. 그렇게 나의 도전은 허무하게 중단되었다.

일단 도전이 꺾이고 나니 현실이 눈에 들어왔다. 그때까지 멋지게만 보였던 새벽 달리기가 이제는 내 일상과 맞지 않는 무모한 도전으로 보였다. 그 뒤로는 달릴 수 있을 때 달리는 쪽으로 방법을 바꾸었다. 내가 생각하던 근사한 복서의 모습은 아니었지만 여전히 나는 달리기를 했고, 좋아하는 운동과 학업을 무리 없이 병행할 수 있었다.

많은 사람이 아침형 인간이 되기를 꿈꾼다. 그것만 해낸다면 자신이 꿈꾸는 것을 이룰 수 있을 거라고 믿기 때문이다. 요가 수련자도 마찬가지여서, 기상 직후의 새벽 수련은 늘 회자되는 주제다. 스무 살의 내가 복서의 길은 새벽 어스름 달리기부터라고 생각했듯이 많은 요가 수련자들이 참된 수련자가 되려면 새벽 수련을 해야만 한다고 생각하는 듯 보인다. 그걸 증명이라도 하듯 소셜 미디어에는 새벽 수련을 자랑하듯 인증하는 게시물이 자주 올라온다.

요가책이나 지도자 교육에서도 기본적으로 아침 기상 직후 수련을 권한다. 세상이 에너지가 차분한 상태에서 점차 깨어나는 시간이기 때문에 우리의 몸 또한 이에 맞춰 수련하는 편이 좋다는 설명도 들은 적이 있다. 또 요가 수련으로 하루를 시작하면 마음의 동요가 덜한 상태로 더 고요하고 차분하게 하루를 보낼 수 있어 좋다고도 말한다.

나도 새벽에 일어나 첫 일과로 요가 수련을 할 수 있으면 좋겠다고 생각한다. 하지만 나는 새벽에 수련하지 않는다. 아침 수련을 하기도 하지만 새벽 어스름에 반복하는 일과는 아니다. 만약 누군가 나보고 이른 새벽에 수련하지 않는다는 이유로 진지한 요가 수련자가 아니라고 한다면⋯ 어쩔 수 없지, 받아들이는 수밖에.

그렇다고 새벽 수련을 아예 시도하지 않았던 것은 아니다. 심지어는 신혼여행을 가서도 새벽에 수련을 했다. 알프스의 정기를 받아 보겠다고 새벽에 일어나 머리 서기를 하고 있다가, 자다 깬 짝이 내 모습을 보고 기겁하긴 했지만. 그만큼 나도 새벽 수련을 루틴으로 만들고 싶었다.

퍼스널 트레이너로 일하는 나는 남들이 퇴근한 후가 가장 바쁜 시간대다. 한국인의 근무 시간이 길기로 유명한만큼, 나도 밤 9시가 넘어서까지 수업을 이어 나가는 게 보통이다. 많이 바쁠 때는 밤 11시에 수업을 마칠 때도 종종 있다. 그렇게 일을 마치고 집에 돌아오면 어느덧 자정이 넘는다. 이 시각이면 곧장 잠자리에 들어야 새벽 수련이 가능하니 서둘러 잘 준비를 한다. 그러다 보면 허둥지둥하는 마음에 하루가 어수선하게 끝나 버리곤 했다. 마음의 동요를 줄이려고 요가 수련을 하는데, 요가 수련을 준비하느라 마음이 조급해지는 모순이랄까? 그래서 한동안 새벽 수련에 도전하다가 그만두었다. 요가도 그냥 내라이프 스타일에 맞게 하는 거지 뭐.

그렇더라도 마음 한구석이 찜찜했다. 새벽 수련을 하지

않고 요가 강사라고 말하는 게 괜히 민망하기도 했다. 그러던 중 어렵사리 참여한 어느 요가 워크숍에서 선생님이 들려주신 말씀을 듣고 내 머리에 한 줄기 시원한 바람이 불었다.

"오래전 인도 사람들은 요즘처럼 밤이 환하지 않으니 일찍 자고 일찍 일어났을 거예요. 아침에 일어나도 날이 따뜻했을 거고요. 하지만 우린 밤늦게까지 일하고, 겨울이면 아침에 추워요. 무리해서 수련하려 들지 않아도 돼요."

주어진 환경을 놓고 보았을 때, 격렬한 척추 움직임이 있는 수련이 우리에게 더 어려우니 주의가 필요하다는 맥락에서 해 주신 이야기였다. 시대가 변하고 환경이 변하면 수련도 그에 맞도록 이뤄지는 편이 좋다는 말씀. 늦게 출근하고 밤늦게까지 일하는 사람에겐 낮 시간대가, 운동 경험이 전무한 초보 수련자에겐 부담 없이 참여할 수 있는 요가원의 수업 시간이, 일하는 시간이 불규칙한 사람에겐 틈이 나고 여유 있을 때가, 운동 선수에겐 본 운동과 병행 가능한 일정에 요가 수련이 자리 잡기 알맞은 것이다.

그리고 너무나 당연한 얘기지만, 요가 수련은 자신의 현재 몸 상태에 맞게 이뤄져야 한다. 척추 전문가들은 기상 직후에 너무 큰 가동 범위를 요구하는 움직임은 주의해야 한다고 말하기도 한다. 자는 동안에는 움직임이 적기 때문에 인체 주요 관절 조직에서 탈수가 일어나 몸이 더 뻣뻣해지기 때문이다. 그래서 아침 운동을 하고 싶다면 기상 후 충분히 수화(hydration)된 상태를 만들기 위해 가볍게 몸을 움직이며 신체가 충분히 깨어날 때까지 시간을 둬야 한다고 충고한다. 다년간의 수련으로 별다른 몸풀기 없이도 깊은 후굴을 할 수 있는 사람도 있지만, 수리야나마스카라를 하기 위해 준비가 필요한 사람도 있다. 평소 움직임이 적은 사람도, 큰 움직임에 준비가 많이 필요한 사람도, 당연히 아침 기상 직후에 수련하는 게 더 부담스러울 수밖에 없다.

나는 몸이 풀릴 때까지 시간이 많이 걸리는 편이기도 하다. 그래서 합숙하는 요가 지도자 과정을 함께할 땐 항상 다른 선생님들보다 30분 일찍 일어났다. 뜨거운 물로 샤워를 하고 숙소 근처를 산책한 뒤에 함께 호흡 수련과 명상을 하고 나면 그래도 덜 부담스럽게 아사나 수련을 할 수 있었기 때문이다.

이와 같은 이유로 평소에도 새벽보다는 몸이 덜 부담을 느끼는 낮이나 밤에 요가 수련을 하고는 한다. 물론 낮에는 새벽보다 더 많은 집중이 필요할 때가 많다. 창밖에서 들어오는 소리도 많고, 집 안에서 짝이나 백곰이가 빨빨거리며 여기저기 돌아다니기도 하는 탓이다. 하지만 시끌벅적한 세상 속에서 고요하게 집중할 수 있다면 이보다 더 좋은 수련이 어디 있겠는가 하고 마음을 다독이며 수련을 이어 나간다.

밤 시간에 하는 수련은, 너무 격렬하지만 않다면 하루를 평화롭게 마무리하는 데 도움이 되는 것 같다. 특히 좋지 않은 일이 있거나 해서 마음에 빨랫감이 많은 날이면 조용한 밤 수련으로 나를 초대하고는 한다. 이럴 땐 매트를 펴고 평소보다 조금 순하게 수련한다. 좋아하는 동작을 반복하면서 내가 여전히 성취할 수 있음에 만족하기도 하고, 어렵지만 연습해야 하는 과제들을 무리하지 않는 선에서 시도하면서 몸에만 집중하는 시간을 보내기도 한다. 그러다 보면 마음의 얼룩이 어느 정도 희미해지고, 편해진 마음으로 꿀잠을 잘 수 있게 된다.

혼자서도 수련을 꾸준히 이어 나가려면 내가 언제라도 반복할 수 있는 수련 시간을 선택하는 편이 좋았다. 수련은 꼭 어느 시간에 해야 한다는 도그마에 갇히기보다는 자신의 일상을 돌아보고 그 속에서 요가 수련이 함께할 틈을 발견하기를. 하지 않는 것보다 언제가 되더라도 하는 게 더 좋으니까.

○

몸에 남은
카르마 알아차리기

〰〰〰〰〰〰〰〰〰〰〰〰〰〰〰〰〰〰

케틀벨 운동과 요가를 알기 전, 나에게 운동이란 오로지 근육을 위한 선택이었다. 키도 작고 몸도 비실비실해서 은퇴한 전설의 권투 선수 마이크 타이슨이나 복싱 만화 속 주인공같이 혹독한 훈련 끝에 근육과 힘을 얻기를 바랐다.

당시에 운동은 전부 유명 선수의 훈련 영상이나 영화 등을 보고 따라 하는 데 맞춰져 있었다. 그 가운데는 일반적이지 않은 방식도 많았다. 그중 하나가 영화 〈록키〉에 나오는 실베스터 스탤론처럼 나무 기둥에 다리를 걸고 거꾸로 매달려서 하는 윗몸일으키기였다. 그렇게 하면 초강력 복근과 강철 같은 몸통 방어력을 기를 수 있을 것 같았다. 나는 철봉에 다리를 걸고 시도했는데, 열 번도 못 하고 다리에 힘이 풀려서 추락하고 말았다. 아픈 건 둘째고 누가 봤을까 봐 창피해서 재빨리 일어나 아무 일 없었다는 듯 다른 운동으로 넘어갔다. 티 내지 않으려고 주위를 두리번거리지도 않았다.

아직 내 능력으론 철봉에 매달릴 수 없다는 판단 아래 이보 전진을 위해 일보 후퇴를 결정하고 맨바닥에서 하는 윗몸일으키기로 전술을 바꿨다. 그렇게 하루 100개씩 맨바닥에서 매일 윗몸일으키기를 하기 시작했다. 그리고 꼬리뼈가 바닥에 자꾸 긁혀서 까맣게 까지고 나서야 아파서 그만뒀다.

이런 허무맹랑한 트레이닝 시기는 제법 길게 이어졌다. 제대로 케틀벨 운동을 배우러 인천에서 압구정까지 버스를 타고 쫄래쫄래 오가기 전까지, 도전하고 실패하는 이상한 트레이닝은 계속되었다.

치기 어린 열정의 시기는 내 몸에 많은 습관을 남겼다. 허리가 구부러지면 안 된다는 강박은 허리를 뻣뻣해지게 하는 동시에 C자 모양으로 과도하게 젖혀지도록 만들었다. 처음엔 이렇게 하면 허리도 강해지고 엉덩이도 나와 보여서 매력적이라고 생각했었다. 하지만 엉덩이가 뒤로 나오는 만큼 배도 앞으로 나왔다.

또 가슴은 언제나 활짝 펴야 한다는 생각에 어깨뼈를 뒤로 아래로 모으는 데만 엄청 공을 들였다. 그러면 등 근육이 강해져서 굽은 어깨도 펴지고 힘도 세진다고 생각했다. 하지만 어깨 관절은 앞뒤, 위아래, 양옆으로 폭넓게 움직이면서 여러 방향으로 힘을 발휘할 수 있어야 한다. 그런데 어깨뼈를 뒤로 당기고 가슴을 펴는 데만 몰두하다 보니 오히려 어깨뼈가 앞쪽으로 더 쏠리고 팔을 자연스럽게 위로 올리지 못하는 꼴이 되고 말았다.

　게다가 굽은 어깨를 내주고 뻣뻣한 어깨를 얻은 데서 그치지도 않았다. 이런 어깨 움직임 습관 탓에 허리만큼 등도 뻣뻣해졌기 때문이다. 구부러지면 안 된다는 강박은 등을 판판하게 만들어 버렸다. 이른바 편평등 자세. 허리는 뒤로 자연스럽게 젖혀지고 등은 앞으로 부드럽게 구부러지는 게 자연스러운 척추 모양인데, 허리를 더 젖히고 등까지 또 젖히니 척추가 일직선에 가깝게 되어 버린 것이다. 원래 있어야 할 만곡에 변형이 생기면 엉뚱한 곳에서 변화가 따라 오는 법. 이제는 목까지 일자목에 가깝게 맞춰졌다. 허리와 등이 젖혀지는 만큼 몸이 뒤로 기우니 머리를 앞으로 내밀어 균형을 맞추게 되는 자연스러운 반응이다. 처음에는 당연히 몸의 이런 변화를 눈치채지 못했다. 그걸 알아차리는 데만도 정말 한참이나 걸렸다.

　몸의 변화를 하나씩 알아채면서 운동 프로그램이나 신체 활동을 대하는 마음가짐이 달라졌다. 이젠 이렇게 생각한다. 요가 아사나 수련이란 일종의 '카르마(업)'를 지워 가는 과정이 아닐까 하고. 과거의 내가 호기롭게 도전했던 행동들이 카르마로 차곡차곡 쌓인 걸 오늘의 내가 부채를 청산하듯 하나하나 갚아 나가는 것이다. 과거에 내가 몸을 써 왔던 방식들이 현재의 내 자세와 움직임을 만든다. 그중에는 나를 자유롭게 하는 것도 있고, 반대로 나를 불편하게 하거나 제한하는 것도 있을 것이다. 유난스럽게 유연해진 부위(내 몸에 이런 곳이 있을까 싶지만)는 너무 자유로워졌으니 불안정해지지 않게 다스리고, 주차 브레이크를 채워 둔 듯이 경직된 부위는 기름칠하고 브레이크를 풀어서 부드럽게 굴러가도록 만들어 줘야 한다.

요가 수련을 본격적으로 해야겠다고 다짐했을 적엔 화려한 물구나무서기와 척추를 뒤로 젖혀 발과 머리가 만나는 후굴 동작에 꽂혔었다. 이걸 잘하면 요가 고수가 될 것만 같았다. 솔직히 지금도 소셜 미디어를 둘러보다 화려하고 놀라운 동작을 선보이는 포스팅을 만나면 나도 모르게 조급증이 생긴다. 그러면 또다시 이런 생각이 몽글몽글 맺히기 시작한다.

'지금처럼 수련해도 되는 걸까?'

'좀 더 열심히 해야 하는 게 아닐까?'

'더 어려운 동작을 할 수 있으면 좋을 텐데.'

그때마다 스마트폰을 내려놓고 자리에서 일어나 아무것도 없는 벽을 향해 선다. 그런 다음 가장 어려운 아사나를 시도한다. 이 아사나는 내가 오랜 시간 습관적으로 어떤 자세를 취하는지 자각하게 해 준다. 정말 단순한 자세인데 이상하게 오래 유지하기 힘들고 어려워 내 몸이 진짜로 바르지 못하단 걸 상기시켜 준다. 그리고 매일 앉아 있고 편하게 기대어 있는 동안 잊고 살았던 사실, 인간은 직립 보행을 한다는 걸 다시 느끼게 해 준다. 화려함에 빼앗긴 시선을 원래 자리로 되돌려 놓고, 다시 무리수를 두고 싶은 충동을 가만 가라앉혀 지금 내 몸이 어떤지 돌아보게 해 준다. 그 자세는 바로 타다아사나(산 자세)다.

○
다시 기본으로,
타다아사나

〰〰〰〰〰〰〰〰〰

　　　힐링 요가 수업을 들은 적이 있었다. '힐링'이
란 단어에서 연상되는 바로 그런 부드럽고 편안한 스트레
칭 동작이 주를 이룬 수업이었다. 이 수업이 특별히 기억
에 남는 건 수업이 끝날 때까지 한 번도 매트에서 일어선
적이 없었기 때문이다! 그땐 아무 생각 없이 따라 하면서
노곤하게 누워 몸과 마음을 쉬었는데, 나중에 문득 '어?
한 번도 안 일어섰잖아!'라는 생각이 들면서 너무 신기해
했었다.

　힐링 요가는 몸에 부하를 적게 주는 수련이니 그렇다 치
고, 그와 달리 몸을 격렬하게 사용하는 수업에서는 발을
바닥에 짚고 서는 동작이 많지 않을까? 예상과 달리 그런
수업이라고 해서 두 발 또는 한 발로 서서 움직이는 동작
이 많지는 않다. 원래 요가 자세 가운데 바닥에서 수행하
는 게 많기도 하거니와, 대중적으로 진행되는 요가 수업 **59**

이 스트레칭처럼 자리 잡은 면도 있기 때문이라고 그 이유를 짐작만 해 볼 뿐이다. 그런 데다 대다수 사람들이 동경하는 멋진 요가 동작 가운데는 두 발로 서서 하는 것보다는 바닥에 엎드리거나 거꾸로 서서 수행하는 게 많다 보니, 아무래도 발을 바닥에 딛고 서서 하는 동작은 조금 소홀히 다뤄지는 면이 있다.

하지만 어떤 자세로 이어 가든 결국 한 번은 두 발로 가만히 서야 하는 순간이 올 수밖에 없다. 그런데 적지 않은 요가 수련자들이 이 순간을 그냥 지나가는 과정쯤으로 여기는 경우가 많다. 나 역시 예외가 아니었다.

'오… 방금 동작 진짜 힘들었어. 좀 쉬어 가자.'

이런 마음이랄까. 특히 아쉬탕가 빈야사 요가를 비롯한 현대적인 빈야사 요가 수련에서는 한 시퀀스를 마치고 다시 선 자세로 돌아오는데, 이 순간이 타다아사나라는 의식적인 수련 과정이 아니라 그냥 쉬고 넘어가는 시간으로 사용되곤 하는 것이다.

두 발을 모으거나 나란히 두고 팔을 내려놓고 곧게 서는 타다아사나는 그 모습이 산과 같다 하여 '산 자세'라고도 부른다. 산처럼 견고하고 안정감 있으면서 높고 곧게 솟은 자세라는 뜻일 것이다. 하지만 타다아사나를 할 때 산이 떠오를 만한 자세로 있는 수련자는 그리 많지 않다. 모든 아사나에는 이유가 있다. 어떤 아사나든 그 자세에 머물며 배우는 게 있다. 예를 들면 전에는 모르던 감각을 경험한다든가. 타다아사나에서도 마땅히 그래야 한다. 다음 동작으로 넘어가기 위해 그냥 잠시 두 발로 서 있는 게 아니다.

얼핏 보면 타다아사나는 자세 평가를 할 때의 모습 같기도 하다. 병원이나 교정운동 센터 같은 곳에 가면 격자무늬로 된 벽 앞에 앞, 뒤, 옆으로 선 자세를 보고 어깨와 골반의 좌우 균형, 척추의 정렬 상태 등을 관찰하는데, 이때 선 자세가 타다아사나와 많이 닮았다. 두 발을 나란히 하고 양손은 앞쪽을 바라보게 해서 골반 옆에 내려놓고 서 있기 때문이다. 앞으로도 뒤로도, 좌우 그 어디로도 치우치지 않은 일종의 중립 자세. 중립이라… 온갖 주장이 난무하고 갈등이 들끓는 우리 사는 세상에서 중립을 지키기란 얼마나 어려운가(마음의 중립은 말할 것도 없고)! 자세도 그렇다. 우리는 중립으로 잘 섰다고 생각하겠지만 실제로는 제멋대로 편한 쪽으로 기울어 있기 마련이다.

나의 타다아사나가 무관심하게 방치되어 있었다는 걸 깨닫게 된 계기가 있다. 열심히 공부하는 한 동료 지도자의 석사 논문 연구에 피험자로 참가했을 때였다. 케틀벨 스윙을 할 때 근육의 활성도와 패턴을 보는 연구였는데, 온몸에 근전도 센서를 비롯한 각종 센서를 부착한 채로 무게가 서로 다른 케틀벨을 잡고 스윙을 했다. 허리 디스크 수술을 한 지 한참 지난 뒤여서 재활이 얼마나 잘되었는지 체크도 할 겸 제안에 선뜻 응했다. 여러 사람이 보는 앞에서 팬티 같은 바지만 입어 엉덩이 윤곽이 그대로 드러나고 몸에 붙인 센서 때문에 기계 인간이 된 듯한 느낌이 들어 좀 어색하긴 했지만, 새로운 경험이라 즐거웠다.

케틀벨 스윙을 하기 전에 센서의 작동 상태를 확인할 겸 가만히 서 있었는데, 실험을 진행하는 선생님이 뭔가 문제가 있다는 듯 계속 고개를 갸우뚱거렸다. 센서들을 여러 차례 확인한 끝에 기기 결함이 아니라고 판단했는지 실험은 곧 진행되었다. 그리고 실험을 마칠 무렵 그 선생님이 내게 물었다.

"평소에 허리 안 아프세요?"

선생님은 실험 시작 전에 고개를 갸우뚱했던 이유를 들려주었다. 문제는 내 왼쪽 허벅지 뒤쪽 근육(햄스트링)에 있었다. 두 발로 가만히 서 있는데도 지나치게 활성화되어 있었기 때문이다. 바르게 섰다고 생각했지만 골반을 한없이 왼쪽 뒤편으로 밀어서 왼쪽 다리에 기대고 서 있었던 것이다. 허리 디스크 수술 후에 허리가 구부러져 상태가 안 좋아질까 봐 한동안 강박적으로 허리에 힘을 주고 있던 습관도 이런 결과가 나오는 데 한몫했다. 반면 케틀벨 스윙처럼 훈련된 동작을 수행할 때는 움직임 조절이 익숙하여 근 활성도가 양호했다. 정리하자면, 다양한 방향으로 관절을 사용하며 움직임을 관리하는 데만 신경을 쓰고, 그 과정에서 다시 중립 상태로 돌아와 온전히 균형

잡힌 자세로 서는 데는 오랫동안 그만큼 관심을 기울이지 못해 온 게으름 혹은 깨어 있지 않은 마음이 이런 결과를 낳은 셈이다.

타다아사나는 그냥 지나가는 자세도 아니고 단순히 두 발로 서서 가만히 있으면 끝나는 자세도 아니다. 자신이 무의식중에 반복해 온 습관적인 자세를 담아내어, 그렇게 쌓여 온 카르마를 온전히 바라볼 수 있도록 하는 자세다. 동시에 직립 보행을 하는 인간의 특수성을 다시금 깨닫게 하는 자세기도 하다.

이것이 내가 화려함과 난이도에 이끌려 '아사나 조급증'이 올라올 때 타다아사나로 가만히 서는 이유다. 극단의 동작들을 좇다 보면 중립을 잊기 쉽다. 하지만 난이도가 높은 아사나를 수행할 때도, 깊고 어려운 각도까지 움직였다가 그 자세에서 편하고 원활하게 시작점으로 돌아오는 게 중요하다. 아무리 세게 흔들어도 결국 중심을 잡고 바로 서는 오뚝이처럼, 어느 한 극단에 도달한 뒤에 다시 시작점으로 돌아올 수 있고 그 시작점에서 언제든 다른 방향으로 갈 수 있는 상태를 '균형'이리고 부르고 싶다.

○

드롭백 컴업의
추억

H 선생님의 하타 요가 심화 수련 수업을 여러 차례 수강했던 적이 있다. 당시에 나는 아사나를 힘으로 버티는 근육 덩어리 남자 수련자였다. 심지어 발을 머리 뒤로 넘기는 동작을 시도하다가 복부 근육에 쥐가 나서 수업 중에 혼자 꺽꺽거리며 버둥거렸을 정도였다. 어느 날 수업을 마치고 차를 마시며 선생님과 이야기를 나눌 때였다. 선생님이 온화한 미소를 가득 담아 나지막하게 말씀했다.

"겉의 근육이 빠지면 아사나가 다 가능할 거 같아요."

선생님이 모르셨을 리가 없지. 내가 아사나를 힘으로 때려 넣는다는 걸. 그 모습을 보며 안쓰럽게 여기셨던 것 같다.

지금은 그때처럼 아사나를 힘으로 버티지는 않는다. 하지만 내 몸을 둘러싸고 있는 근육은 별로 바뀌지 않았다.

달라진 게 있다면 이전처럼 무리하게 힘쓰지 않고 풀 때는 풀어 주고 조일 때는 조이면서 내가 입고 있는 근육 갑옷을 움직이는 요령이 좀 생겼다는 점이다.

아무튼 이렇게 아사나를 힘으로 버티면서 하던 시절, 수업에서 드롭백 컴업을 하게 되었다. 타다아사나에서 몸을 뒤로 젖혀 손으로 바닥을 짚고 있다가 다시 타다아사나로 돌아오는 동작이다. 고수의 포스를 풍기는 주변 어르신들(정말로 어르신이 분명한 남녀 수련자분들)은 무슨 용수철이라도 되는 듯 휘릭 뒤로 넘어갔다가 휘릭 돌아와 섰다. 그분들과 달리 나는 다리 힘으로 악착같이 버티면서 꾸역꾸역 넘어갔다가 두 발을 있는 힘껏 차서 올라오기를 반복하고 있었다.

그러던 중 선생님이 "숙련자분들은 10회를 반복합니다"라고 하셨다. 나는 '나도 숙련자다! 숙련자야!'라고 속으로 외치며 오기로 따라 하기 시작했다. 그냥 3회 정도만 하고 천천히 호흡을 가다듬는 게 나았을 텐데 왜 그랬는지 모르겠다. 예나 지금이나 요가를 지혜롭게 하지 못하고 몸으로만 때우려 드니. 드롭백 컴업 10회를 우격다짐으로 채우고 바로 섰는데 처음 느껴 보는 불편함이 올라왔다. 머리가 핑 돌고 속은 매스껍고 다리는 후들거렸다. 요가 하다가 기절했다는 말은 죽어도 듣기 싫어서 창피하더라도 혼자 쪼그리고 주저앉아 숨을 씩씩거리면서 쉴 수밖에 없었다.

아마 호흡이 충분하지 않았을 것이고, 동작이 너무 과격하고 급했을 것도 같고, 내 척추와 하체가 동작을 그만큼 많이 소화할 수 있는 수준이 아니기도 했을 것이다. 하지만 근본적으로는, 그때 내가 아사나를 수행할 수 있다는 것의 의미를 아주 단편적으로 이해했기 때문이었던 것 같다.

드롭백 컴업을 할 수 있다는 것은 단순히 몸을 뒤로 젖혀서 손으로 바닥을 짚고 버텼다가 다시 일어서는 것만을 의미하지 않는다. 횟수가 중요한 것도 아니다. 얼마나 편안하게 하는가, 좀 더 구체적으로는 얼마나 편안하고 수월하게 시작 자세로 돌아올 수 있는가가 더 중요하다. 시작 자세였던 타다아사나로 무리 없이 돌아와서 차분한 상태로 머문다는 점에 대해서 그때는 생각조차 해 본 적이 없다. 드롭백 컴업을 한 번 하더라도 타다아사나로 편안하지만 견고하게 돌아와서 단단하게 서 있을 수 있도록 연습했다면 숨도 한결 편하게 쉬고 다리와 허리도 덜 힘들었을 것이다.

이렇게 타다아사나를 중심에 두자 드롭백 컴업뿐 아니라 다른 아사나 수련도 비슷하게 이해되었다. 이제 나는 한 아사나에서 타다아사나로 정확하게 돌아올 수 있을 때 비로소 그 아사나를 수행할 수 있게 되었다고 여긴다.

요가 수업에든 피트니스 프로그램에든 나는 한 다리 혹은 비대칭으로 선 자세의 움직임을 많이 포함시키려고 한다. 일상생활 중에 그런 자세를 하고 있을 때가 많으므로,

그 자세에서 몸을 조절하는 능력이 우리에게 필요하기 때문이다. 실제로 우리가 가장 많이 하는 동작인 걷기나 달리기를 가만 들여다보면, 결국 타다아사나에서 시작해 한발로 선 자세가 되었다가 비대칭으로 발을 딛는 자세를 반복한 뒤 다시 타다아사나로 돌아오는 과정이다. 자유롭게 움직이다가 시작점으로 돌아오기, 균형점에서 한참 벗어났다가 다시 중심을 찾아 돌아오기다.

　한 발로 선 자세를 지도할 때 내가 자주 하는 말이 있다. "움직이는 다리 말고 지지하는 다리를 의식하세요."
　한 다리로 서거나 발을 다양한 위치에 두고 설 때 우리의 주의는 동작으로만 향하고는 한다. 그 결과 가만히 자리를 지켜야 하는 발과 다리를 잊고 성급하게 움직인다. 개인 수련을 할 때 이러한 조급함을 알아차리는 순간이 있다. 짝이 집에 있는 날엔 밥을 함께 먹는데, 식사 전에 시간을 쪼개 수련을 하다 보면 나도 모르게 마음이 급해지고 움직임이 빨라지기도 한다. 그럴 땐 십중팔구 두 발로 서다 한 발 동작으로 전환할 때 휘청한다. 집중하지 못한 탓이 가장 크다. 명상처럼 아사나 수련에서도 의식이 현재에 머무르고 과거와 미래로 산란하게 흩어지지 않을 때 집중이 시작된다. 나를 지탱하고 있는 다리를 향한 주의가 계속 이어져야 하는 것이다. 그걸 놓치고 새로운 위치로 움직이는 다리만 생각할 때 집중은 깨지고 움직임은 불안정해진다.

그렇게 한 번 휘청거리고 나면 정신이 번쩍 든다.

'아! 동작은 좀 덜 해도 되니까 차분하게 지금 하는 것만 잘해 보자.'

특정한 시퀀스를 다 채우는 게 목표가 아니다. 지금 하는 동작, 그 순간에 공을 들이는 것이 중요하다. 그렇게 하면 마법처럼 한 다리로 선 자세가 견고하게 이루어진다. 그러고 나서 타다아사나로 돌아올 때까지 집중이 이어지면, 다시 섰을 때 한결 강해진 발과 엉덩이, 척추가 느껴지곤 한다. 거기엔 아마도 이런 이유가 있을 것이다.

척추나 팔다리가 사방으로 움직이다 보면 무게 중심도 다양한 방향으로 흔들린다. 발 앞쪽에 체중이 실리기도 하고 한쪽 발만 무거워지기도 한다. 그러다 다시 척추가 반듯하게 원래 위치로 돌아오면 그 척추를 받치고 있는 골반도 발 위로 안정감 있게 돌아온다. 또 발의 한쪽 면으로 밀리던 체중도 다시 뒤꿈치와 발날, 발볼에 고르게 실리며 탄탄하게 내려앉는다. 지면에 발을 잘 붙이고 서면 골반은 중력의 반대 방향으로 떠오르듯 다리 위에 얹히게 된다. 그러면 굳이 허리에 힘을 줄 필요도 없고 엉덩이를 꽉 움켜쥐지 않아도 되며 배는 애쓰지 않아도 알아서 탄탄해진다. 인체는 중력에 대항해 직립할 수 있도록 매우 효과적인 긴장 상태를 구조적으로 형성하고 있어서, 두 발 위에 차곡차곡 몸이 쌓여 올라가면 근육이 굳이 애

써서 중력에 저항하지 않아도 사방에서 고르게 형성된 근육 간의 균형이 몸을 세워 주기 때문이다.

부동자세로 보이지만 그 안에서 균형을 유지하기 위한 노력이 끊임없이 이루어진다. 움직임은 없지만 역동적인 자세 타다아사나. 타다아사나에 머무를 때 이 균형을 찾는 데 집중해 보고 있다. 더 어렵고 화려한 동작을 향한 욕심이 차오를 때 눈을 감고 타다아사나로 서서 내 몸을 다시 자각하고 덜 애쓰면서도 균형 있게 서는 연습을 해 본다. 화나 불안으로 심장이 뛰기 시작해도 타다아사나로 선다. 마음이 자리를 잡는다.

○
늘 돌아가는 집 같은,
아도무카스바나아사나

～～～～～～～～～～～～～～～～～～～

1 대 1 트레이닝을 하다 보면 늘 고개를 드는 질문이 있다.

'가장 효율적으로 건강을 지켜 주고 누구에게나 알맞는 단 하나의 운동은 무엇일까?'

회원분들이 정말 바쁜 와중에도 시간을 쪼개서 내게 오는 걸 알기 때문에 나는 오래전부터 이 질문의 답을 정말 찾고 싶었다.

지금까지의 결론은 '그런 운동은 없다'다. 안타깝게도 모두에게 딱 맞아 떨어지는 마법 같은 운동이나 동작은 없다. 그런 게 있었다면 어떻게 해서든 그걸 알아내서 그것만 강조하며 수업했을 것이다(그리고 떼돈을 벌었겠지. 아, 나는 지금도 이런 망상을 하고 있구나…).

하지만 그것은 불가능하다. 사람마다 몸이 다르기 때문이다. 신체장애가 있지 않은 한 누구나 팔다리 각각 두 개,

각자의 요가

70

눈 두 개, 코 하나, 입 하나를 가지고 있지만, 개개인의 신체 부위는 길이도 두께도 모양도 다 다르다. 그뿐 아니라 유연성도 다르고, 평소 많이 사용하는 부위도 다르며, 아픈 곳과 강한 곳도 사람마다 제각각이다. 그런데 어떻게 최고의 운동이 단 하나만 있을 수 있겠는가.

만에 하나 사람들의 몸 상태와 기능이 모두 같다고 가정한다 해도, 근본적으로 신체 부위의 길이와 두께 등의 차이 때문에 움직임이 달라지고 그에 따라 적정한 운동도 다를 수밖에 없다. 예를 들어, 나의 요가 친구 Y는 잘록한 허리에 상대적으로 긴 팔과 다리를 가졌다. 이 친구는 어지간한 비틀기 동작은 모두 수월하게 수행한다. 허리는 가늘고 팔이 길기 때문에 조금만 몸을 비틀어도 팔 사이에 다리를 끼운 채로 등 뒤에서 쉽게 손을 맞잡을 수 있다. 하지만 나의 신체 비율은 이 친구와 다르다. 팔과 다리가 상대적으로 더 짧고 두껍다. 게다가 허리와 몸통도 굵다. 그래서 비틀기 동작에서 등 뒤로 두 손을 맞잡으려면 척추를 훨씬 더 많이 비틀고 살을 더 많이 짓눌러야 한다. 내 요가 친구에게 좋은 동작이 내 몸에는 무리가 될 수 있다는 뜻이다.

그럼에도 불구하고 사람들은 나에게 묻는다. 요가 시작하려면 무엇부터 해야 하나요? 일단 요가 매트를 한 장 장만하시라고 말씀드려야 하나 싶다가도, 강아지 미끄럼 방지 매트 위에서 수련하기도 하는 나를 떠올리면 대충 깔

개만 있어도 되는 것도 같아 적당한 답이 뭔지 모르겠다. 어떤 동작을 잘해야 요가를 잘하는 거냐고 묻는 분도 있다. 기가 막힌 답을 늘 고민하고 있지만 아직 뾰족한 답을 찾지 못했다. 나 역시 그 질문을 하신 분처럼 더 깊은 아사나의 세계에 도전하고는 있지만, 요가는 뭘 잘해야 한다고 말할 수 있는 수련이 아닌 것 같다는 생각을 점점 많이 하게 되기 때문이다.

어느 날 문득 이런 생각이 들었다. 단 하나의 최고의 동작은 없지만, 비요가인에게는 그냥 서고 걷고 달리는 일상의 움직임에서 벗어나는 요가의 묘미를 느낄 수 있게 하고, 요가를 처음 시작하는 사람에게는 거부감을 주지 않고, 꾸준히 요가를 수련하는 사람에게는 늘 새로운 영감을 줄 수 있는 자세는 있지 않을까?

그래서 내 수련을 되돌아보았다. 어떤 종류의 수련을 하든 빼놓지 않고 하는 자세가 있나? 수련하기 싫은 날에도 개운함을 느끼고 싶어서 습관적으로 시도하는 자세는 무엇일까? 탐색 끝에 하나의 자세로 생각이 모였다. 아도무카스바나아사나다.

아도무카, '머리를 아래로'. 스바나아사나, '개 자세'. 합치면 머리를 아래로 향한 개 자세다. 실제로 강아지들이 이 자세를 정말 잘한다. 자다 일어나서 엉덩이를 하늘로 들어 올리며 앞다리를 앞으로 쭉 뻗으면 어느 요가 강사보다도 우아한 모습이다. 우리 집 강아지 백곰이가 이 자세를 할 때 짝이 우스갯소리로 "아빠보다 요가 잘하네~"라고 말할 정도니까.

여하튼 흔히 다운독이라 부르는 이 자세는 파드마아사나(연꽃 자세)만큼이나 널리 알려진 요가의 시그니처 자세다. 그렇더라도 요가를 전혀 모르거나 운동과 담을 쌓은 사람들은 다운독을 하고 있는 사람을 보면서, 어떻게 저런 자세를 할 수 있지 하면서 신기한 눈으로 바라볼 것이다. 그런데 아는가? 사실 우리는 모두 이 자세를 아주 능숙하게 했었다는 걸.

걸음마를 뗄 때까지 아기의 움직임을 떠올려 보자. 몸을 뒤집는 데 성공한 아기는 이윽고 배를 바닥에 대고 팔과 다리로 바닥을 당기고 밀면서 기어 다니기 시작한다. 팔다리가 체중을 견디고 다른 움직임을 준비하는 과정이다. 점차 팔다리의 근력이 발달하고 척추를 안정화시키는 능력이 좋아진 아기는 손과 무릎, 발만 바닥에 대고 기어 다닌다. 이를 통해 몸통이 비틀어지고 지지가 불안정한 상태에서 움직임을 조절하는 법을 익힌다. 그리고 그 과정에서 호흡을 잃지 않는 법도 자연스럽게 체득한다.

이 다음 단계를 주목하시라. 기어 다니던 아기는 몸을 일으키고 싶어서 손과 발만 바닥에 대고 무릎을 떼기 시작한다. 두 손 두 발로 기어 다닐 수 있게 된 것이다. 이 자세에서 엉덩이를 위아래로 들썩이며 무게 중심을 바꿔 가며 팔다리와 몸통의 능력을 단련하는데, 엉덩이가 아래에 있을 때는 플랭크를, 엉덩이가 위로 올라갔을 때는 다운독을 쏙 빼닮은 모습이다. 아기들은 이 단계를 거쳐 점차 팔에 실린 체중을 다리 쪽으로 옮기며 완전히 일어서는 법을 터득해 간다.

그러니 다운독뿐 아니라 플랭크도 사실 아기 때 누구나 했던 동작인 것이다. 기운차게 플랭크와 다운독을 오가던 우리였다. 하지만 걸음마를 떼고 걷기 시작하면 팔에 체중을 싣고 버틸 일이 확 준다. 나이가 차서 학교를 다니기 시작하면 체육 시간에나 어쩌다 몇 번 해 볼 뿐이다. 공부와 일, 심지어 놀이까지 의자에 앉아서 하는 게 많다 보니 시간이 지날수록 앉아 있는 시간이 늘고, 그렇게 서고 걷고 뛰는 일이 점점 줄어들면 척추의 움직임을 조절하는 중요한 기능까지 함께 약해지기 시작한다. 이것이 오늘날 많은 사람들이 처한 현실이며 몸 상태다.

그래서 아사나 수련을 시작한 지 얼마 안 된 사람들 가운데는 다운독을 하면서 괴로워하는 경우가 많다. 이는 다운독이 어려운 자세여서가 아니라, 어릴 때 그 자유로웠던 움직임과 부드럽고 힘찬 호흡을 잊어버렸기 때문이다. 두 손과 팔로 자기 체중의 상당 부분을 지지해 본 일이 언제인지 기억도 안 나는데, 요가 수업에 들어가면 수시로 다운독을 하니 얼마나 힘들겠는가. 그런데 고백하자면 한 팔로 체중의 절반이나 되는 무게를 들어 올릴 수 있었던 나도 사실 다운독이 힘들었다. 다운독을 하면 어떤 날은 목이 괴롭고, 다른 날은 어깨가 불타는 느낌이었다.

　처음 요가 지도자 과정에 입문했을 때 혼자 남자인 탓에 남보다 쉽게 할 수 있는 동작들이 있었다. 근력이 상대적으로 많이 요구되는 팔 균형 자세들도 그중 하나였다. 다른 예비 요가 지도자들이 어려워하는 동작을 좀 더 수월하게 시도할 수 있다 보니 다운독은 안중에도 없었다. 그저 빈야사 수련 중에 스쳐 지나가는 동작일 뿐이었다. 그리고 다른 아사나보다 팔 균형 자세들은 내가 누구보다 더 잘할 수 있을 거라고 생각했다. 하지만 시간이 지나면서 내가 몰라도 한참 몰랐다는 사실을 깨닫게 되었다.

　숙련자 수업에서의 일이다. 내 옆에는 흰머리가 듬성듬성 보이는 이모님 같은 분이 계셨는데, 그분은 바카아사나(두루미 자세)를 하면서 고요하게 숨을 쉬고 나보다 훨씬 오래 자세를 유지할 수 있었다. 나는 그분이 바카아사나를 한 번 수행하는 동안 네다섯 번은 내려와 어깨를 두드리며 쉬어야 했다. 이뿐이 아니다. 물구나무서기를 잘하고 싶어서 인텐시브 수련에 참여한 적이 있는데, 네 짝처럼 온몸이 말랑말랑해 보이는 한 선생님은 점프 동작도 없이 바닥에서 다리를 들어 올려 물구나무서기를 했다. 그리고 아주 편안해 보였다.

　그에 비해 나는 팔 균형 자세를 할 때 제대로 숨을 쉴 수 없었다. 얼굴은 터질 듯 빨개졌고 목과 어깨에는 핏대가 서면서 힘이 잔뜩 들어갔다. 잠시 자세를 유지하며 사진을 찍을 수는 있었지만 동작을 반복해서 수행하기는 어려웠다. 그뿐 아니라 두 발을 바닥에 대고서 팔로 몸을 지지하는 다운독을 할 때도 너무 힘들었다. 다운독이 왜 시원한 동작인지, 빈야사 수련 중간에 어떻게 다운독이 쉬어가는 코스일 수 있는지 이해할 수 없었다.

다운독을 할 때 나는 등을 바닥 쪽으로 많이 누르면서 허리를 지나치게 젖히는 경향이 있었다. 그렇게 해야 더 많이 스트레칭되어 더 시원해질 거라고 생각했기 때문이다. 어느 물구나무서기 수업에서 이런 나의 다운독 자세를 보고 선생님이 이렇게 말씀하시기 전까지는.

"다운독에서 그렇게 가슴을 내리누르면 결코 어깨를 견고하게 움직일 수 없을 거예요."

당시에 나는 화려하고 어려운 자세에 몰두해 있었다. 조금만 노력하면 좀 더 고난도 동작을 수행할 수 있을 것 같아서, 그 자세들에 몰두하여 반복해서 연습하곤 했다.

이처럼 난이도가 높은 아사나를 시도하고 연습하는 것은 잘못된 것이 아니다. 평소 익숙한 움직임의 경계를 벗어나 새로운 영역을 경험하면서 배울 수 있는 게 있으며, 도전하는 것만으로도 큰 용기와 활력을 얻을 수 있기 때문이다. 그렇지만 나는 고난도 아사나에만 몰두하다가 중요한 무언가를 놓치고 있던 것은 아니었을까? 선생님의 이 한 마디를 계기로 나는 자주 반복하는 동작에 숨겨진 원리를 주목해야겠다는 생각을 하게 되었다.

아사나를 바라보는 시선이 새로워진 뒤로 다운독에 많은 공을 들였다. 어깨가 어떻게 움직여야 하는지, 허리는 어때야 하는지, 호흡할 때 어떤 느낌을 찾아가야 하는지 주의 깊게 관찰하다 보니 수련할 때마다 새롭고 즐거웠다. 무엇보다 충분히 유연하게 움직인다고 생각했던 어깨와 허리에서 숨겨진 가동 범위를 계속 발견할 수 있었다. 그 덕분에 늘 짓눌려 있던 허리가 편안하면서도 견고해졌고, 어깨뼈가 더 많이 움직이니 다운독 자세로 더 오래 머무르면서 숨도 편하게 쉴 수 있었다.

고난도 아사나를 수행하는 데는 상대적으로 쉬운 동작들, 특히 요가의 기본 동작이라 일컬어지는 자세들에서 요구되는 움직임 능력이 고루 필요하다. 그래서인지 기본 동작들을 충분히 반복하여 능숙해지면 고난도 동작이 자연스럽게 가능해지는 경우가 많다. 처음엔 고난도 아사나 자체에 주목하고서 이를 수행하고자 애쓰지만, 동작에 어려움을 겪다 보면 다시 기본으로 돌아가게 된다. 현재 자신의 움직임이 얼마나 불안정한지 숨김없이 보게 될수록 기본의 중요성을 깨닫게 되기 때문이다.

이런 의미에서 다운독은 내가 늘 돌아가곤 하는 시작점과 같은 아사나다. 다운독을 수행하면 손, 어깨, 허리, 골반, 발목을 사용하는 법을 다시 한번 주목하게 된다. 그리고 몸이 거꾸로 선 자세에서도 얼굴을 붉게 물들이지 않고도 편안하게 호흡하는 법을 연습할 수 있다.

수련이 너무 하기 싫은 날에도 다운독은 좋은 선택지다. 매트를 펴기조차 싫은 날이나 소파나 거실 바닥에서 뒹굴고만 싶을 때, 두 눈 질끈 감고 다운독을 한다. 종아리부터 허벅지 뒤쪽, 허리와 등, 겨드랑이를 지나 손끝까지 탄력 있게 늘어나는 느낌이 굳은 몸과 마음을 깨워 준다. 숨을 깊이 쉬다 보면 몸이 거꾸로 뒤집어진 탓에 한결 가벼워진 내장 위로 횡격막이 꿈틀거린다. 등과 가슴이 더 역동적으로 부풀고 가라앉으며 숨 쉬는 걸 느낄 수 있다. 그렇게 가만히 있다 보면 어떤 날엔 한 발을 앞으로 가져와 전사 자세로 일어나 보고 싶기도 하고, 또 다른 날엔 다리를 차올려 물구나무서기를 해 보고 싶기도 하다.

그렇게 수련이 시작된다. 한두 번 동작을 시도하면 땀이 흐르고 몸이 천천히 따뜻해진다. 이제 매트를 펼 시간이다. 그렇게 모른 채 버려질 뻔했던 한 번의 수련 기회를 발견해 의미 있게 되살릴 수 있다.

◦

다리뼈가 한 뼘 더
미끄러지는 느낌

"몸에 힘을 빼고 편안하게 이완하세요."

처음 요가 수업에 들어가면 자주 듣게 되는 말이다. 특히 목이나 어깨에서 힘을 빼라는 큐잉이 많은데, 처음에 난 이 말이 당최 이해되지 않았다. 자세를 유지하고 버티려면 당연히 근육에 힘이 들어가야 하는 게 아닌가. 쇠질에 여념이 없고, 상대를 메치는 데 혈안이 되어 있어서 그랬는지 '이완'이라는 단어를 들을 때마다 나약한 이미지가 떠오르기도 했다. 다리를 좌우나 앞뒤로 찢거나 앞으로 몸을 숙여 접을 때 당기고 긴장되는 근육을 이완하려는 본능적인 반응만 있었을 뿐, 아사나 수련을 하면서 이완한다는 감각에 집중해 보지는 못했다. 정확히 말하면 공감하지 못했다.

이러한 과거의 나를 돌아볼 때 함께 떠오르는 영화가 있다. 바로 〈닥터 스트레인지〉다. 잘나가는 외과 의사이던 스트레인지는 교통사고 이후 손을 제대로 쓰지 못하게 된다. 손의 기능을 되살리기 위해 필사적으로 노력하지만 별 소용이 없던 어느 날, 우연히 신체 기능을 회복하는 비법에 대한 이야기를 듣고 카마르-타지로 향한다. 처음에 그는 현대 의학으로는 설명도 이해도 할 수 없는 그곳에서의 수련을 전혀 받아들이지 못한다. 그러다 그 가능성을 직접 목격하고 충격적인 방식으로 경험한 뒤에 완전히 열린 자세로 받아들여 점점 강해진다. 스트레인지의 이런 모습은 요가 수련자의 여정과 많이 닮았다. 거부하고 부정하고 경계하고 불신하다가, 새로운 경험으로 눈을 뜨고 시야가 넓어진 뒤, 수용하고 배우며 조금씩 변화하는 과정이 바로 요가이기 때문이다.

닥터 스트레인지가 에인션트 원을 찾아가 했던 놀라운 경험과 비슷한 일이 나에게도 있었다. 신비한 능력에 눈을 뜨게 된 건 아니고, 이전까지 경험하지 못했던 이완에 대한 새로운 감각을 깨워 준 경험이었다. 그 일은 포레스트 요가 수업에서 일어났다. 포레스트 요가는 아나 포레스트 선생님이 자신의 육체적, 영적 치유의 과정을 담아 낸 요가 수련 방식인데, 특유의 감각적인 핸즈온이 돋보이는 장르의 요가다.

포레스트 요가 수업에서는 빈야사 수련과는 조금 다르게 한 동작에 들어가고 머무는 시간이 제법 길었다. 하지

각자의 요가

80

만 그 시간이 괴롭게 느껴지지는 않았는데, 선생님이 정말 인자하고 온화하게 움직임의 방향과 호흡을 상기시켜 주었기 때문이다. 고요한 수련실 안에서는 각자의 호흡에 의식이 모이는 집중된 공기만 흐르고, 이따금 들려오는 선생님의 큐잉은 편안하지만 도전적인 수련을 가능하게 했다.

그러던 중 예상하지 못한 새로운 경험이 찾아왔다. '엘보우 투 니'라고 부르는, 누워서 호흡을 유지하며 다리를 대각선으로 뻗는 동작을 할 때였다. 그 전까지는 강하게 복부를 조이며 그저 코어를 활성화하고 단련하는 동작이라고만 생각했었다. 하지만 선생님이 내 발목과 다리를 부드럽게 당겨서 견인해 주는 순간 골반 앞쪽에 걸려 있던 브레이크가 스르륵 풀리며 다리뼈가 한 뼘 더 미끄러지는 느낌이 들었다. 이전까지 해 왔던 다양한 엉덩관절 스트레칭보다 훨씬 더 시원한 느낌이었다. 아니, 단순히 시원하다는 말로는 표현할 수 없는 아주 강하고 감각적인 움직임이었다.

그때 처음 의문이 들었다. 어쩌면 나는 힘을 쓰는 게 아니라 온몸을 조이고만 있던 게 아닐까? 마치 주차 브레이크를 채워 둔 채 액셀러레이터만 밟아 대는 꼴이었지 않을까?

이 경험 이후, 요가 선생님들이 전하는 힘을 빼고 편안하게 동작하라는 안내에 처음으로 마음을 열고 귀 기울이게 된 것 같다. 누워서 다리를 들어 올리고 내리는 단순한 움직임에서도 필요 이상으로 긴장하고, 힘을 쓴다는 명분 아래 지나치게 몸을 조이고 있던 건 아닌지 되돌아보게 되었다.

◦

교묘한 집착이 되지 않도록,
사바아사나

〰〰〰〰〰〰〰〰〰〰〰〰〰〰〰〰〰〰〰〰〰〰〰〰

　　　　퍼스널 트레이닝 수업을 할 때 이른바 코어를 인지하지 못하는 회원과는 누운 자세로 숨을 쉬면서 복부 근육을 활성화하는 연습을 먼저 하고는 한다. 이 동작을 지도하면서 알게 되는 게 있다. 가만히 누워서 하면 되는 이 단순한 움직임을 연습하면서도 사람들이 지나치게 긴장한다는 것이다. 숨을 마실 때는 목과 어깨가 긴장하고 숨을 내쉴 때는 배를 지나치게 조이는 일반적인 경우부터, 호흡할 때 굳이 신경 쓰지 않아도 되는 허리나 허벅지에 힘이 들어가는 경우까지 사람마다 긴장하는 방식은 조금씩 다르다.

　이런 모습을 보면서 우쭐하거나 하는 마음은 들지 않는다. 오히려 뜨끔하다. 요가 수련하는 동안 끙끙대는 내 모습이 떠오르기 때문이다. 동작을 쫓아 시퀀스를 급히 따라가다 보면 수련을 마쳤을 때 온몸이 녹초가 되는 듯한 **83**

느낌이 드는데, 이 경험이 반복될 때마다 무언가 놓치고 있다는 생각을 피할 수 없었다.

DNS 요가 워크숍에 참여한 적이 있었다. 그 워크숍에서 체코에서 오신 선생님의 지도 아래 사바아사나를 굉장히 오랫동안 차근차근 연습했던 기억이 있다. 선생님은 사바아사나가 가장 어려운 요가 동작 두 가지 가운데 하나라며 아주 세심하게 이끌어 주셨다(다른 하나는 매트를 펴고 그 위에 올라가는 것). 앉아서 눕기까지, 그리고 누워서 턱관절부터 발끝까지 하나하나 주의를 기울이며 불필요한 긴장을 덜어 내는 연습을 선생님의 안내에 따라 하다 보면 20분쯤은 훌쩍 지나가 있었다.

이 선생님뿐 아니라 해외의 유명한 어느 아쉬탕가 요가 지도자도 사바아사나를 강조하며 이렇게 이야기했다.

"사바아사나를 충분히 길게 하세요. 시간이 부족하다면 다른 아사나를 줄이고 사바아사나 시간을 지키도록 하세요."

사바아사나는 모든 수련이 끝나고 마지막에 가만히 누워서 머무는 자세다. 사바아사나를 할 때 잠드는 사람이 종종 있다. 나 역시 예외는 아니어서, 역동적인 수련 끝에 누웠다가 널브러져서 잠들곤 했다. 사실 가만히 누워 있는데 잠들지 않는 건 쉬운 일이 아니다. 종일 격무에 시달리고 온갖 스트레스를 견뎌 낸 직장인이라면, 퇴근 후 힘겹게 요가원에 와서 수업을 듣고 마침내 매트 위에 눕는 순간 노곤하게 풀리며 잠 속으로 젖어 드는 게 오히려 더 자연스러워 보이기도 한다. 사바아사나로 있다가 코를 골며 잠든 기억, 잠들어 있다가 몸을 꿈틀대며 혼자 놀라 깬 경험이 나에게도 적지 않다.

그렇더라도 그냥 잠드는 것과 사바아사나는 분명 다르다. 의식을 완전히 놓고 잠의 세계에 빠져드는 것과 고요한 상태에서 생각도 긴장도 감각도 없이 가만히 있는 것의 차이는 글로도 이렇게나 크지 않은가.

아무튼 나에겐 궁리할 거리가 생겼다. 어떻게 하면 사바아사나를 하며 잠들지 않을 수 있을까? 나는 조금 다르게 연습해 보기로 했다. 수련 후 내 몸이 느끼는 바를 하나하나 확인해 보는 식으로. 팔로 균형을 잡는 자세가 많았던 날엔 어깨와 목, 등, 손목에 남은 수련의 흔적에 주목한다. 아직도 팔 균형 자세를 할 때처럼 힘쓰고 있지는 않나 살펴보고 다시 아무것도 하지 않는 상태로 두는 데 집중한다. 척추를 뒤로 젖혀 움직이는 후굴 동작이 많았던 날엔 허리와 등에 집중한다. 허리 주변 근육을 여전히 조이고 있지는 않은지, 그래서 숨을 쉴 때 허리와 등 쪽으로 움직임이 전혀 없이 잠겨 있는 건 아닌지 차근차근 살핀다.

그렇게 수련 후 몸이 느끼는 바를 하나씩 살핀 다음엔 가장 원초적으로 숨 쉬는 데 집중해 본다. 역동적인 수련을 할 때처럼 격정적인 호흡이 남아 있는 건 아닌지 숨소리를 들어 보고, 코끝으로 공기가 들어오고 나가는 느낌도 살펴본다. 숨을 마실 때 어디가 부풀고 어디가 움직이지 않는지 몸통의 반응도 지켜본다. 그러면서 호흡에 집중한다. 이완된 상태에서 호흡이 느리고 잔잔해질 때까지 가만히 바라본다. 그러다 보면 길지는 않아도 시트러스 향을 맡을 때처럼 머리가 기분 좋게 시원해지는 순간이 있다. 또는 잠깐이지만 아무 생각도 들지 않고 호흡에 집중하던 것조차 잊게 되는 순간도 있다. 이런 순간들이 쌓이는 데 의미를 두고 가만히 사바아사나로 있으면서 부동의 시간이 주는 확장성을 하나씩 경험해 본다.

그런데 사바아사나로 있으면서 잠들지 않으려 하면 안타깝게도 생각이 꼬리를 물고 떠오를 때가 많다. 언제까지 누워 있을까, 일어나면 뭘 하지, 오늘 무슨 일정이 남았더라… 굳이 지금 하지 않아도 되는 생각까지 무한정 뻗어 나간다. 그러다 보면 요가 수련은 이미 잊은 지 오래. 강사로 참여하여 수련자들이 사바아사나로 있는 모습을 가만히 지켜보고 있으면, 어떤 사람은 눈동자가 쉼 없이 움직이고, 또 어떤 사람은 계속 주변을 두리번거린다. 손발을 가만두지 못하는 사람, 이제 일어나라고 멘트를 던지면 부리나케 후다닥 일어나는 사람 등 사바아사나를 견디지 못하는 사람은 항상 있다. 사바아사나는 우리말로 '송장 자세'인데, 송장이라기엔 에너지가 너무 넘쳐흐르는 수련자들이다.

생각이 꼬리에 꼬리를 무는 나의 마음과 에너지 넘치는 수련자들을 보며, 사바아사나를 통해 몸을 이완하다 끝내 요동치는 마음을 고요하게 다스리는 데까지 나아가야 한다는 걸 새삼 느끼고는 한다. 한편으로는 요동치는 마음이 생각을 계속 던져 올려 원숭이가 날뛴다면 차라리 사바아사나에서 잠에 빠지는 것도 괜찮겠다는 생각도 든다. 바쁜 일상 속에서 쉴 새 없었던 마음의 스위치를 그렇게라도 잠시 꺼 둘 수 있다면, 그것만큼 필요한 게 또 어디 있으랴 싶다. 그래서 어떤 날엔 수련자들에게 메시지를 조금만 전하고 사바아사나에서 마음대로 쉬거나 잠들게 내버려 두기도 한다. 내 수련에서도 이완을 위한 노력이 교묘하게 집착이 되지 않도록, 그냥 잠들어 버리게 나를 놓아줄 때도 있다.

결국 사바아사나에서도 자연스레 균형을 생각하게 된다. 잠들지 않으나 생각하지 않는 상태, 편안하게 쉬고 있지만 게으르지 않은 상태, 어떤 때는 모든 걸 놓아주기. 적절한 균형 감각!

방귀가 내게
가르쳐 준 것

〜〜〜〜〜〜〜〜〜〜〜〜

　　　　스무 살 무렵 나는 단백질의 노예였다. 인터넷에서 본 근육이 울룩불룩한 유명인들처럼 되고 싶어서 미친 듯이 근육 운동을 했는데, 근육을 만들려면 더 많은 단백질을 섭취해야 한다고 믿었기 때문이다. 대학에 갓 입학한 새내기에게는 결코 적지 않은 돈을 수입 단백질 보충제를 사는 데 투자하기도 했다. 고기를 많이 먹고, 달걀도 챙겨 먹고, 우유도 마시고, 운동 후에 단백질 보충제까지 챙겨 먹어야 근육도 더 발달하고 몸도 강해질 거라 믿어 의심치 않았다.

　이런 믿음에 처음으로 의심이 싹트기 시작한 건 아주 향이 강한 단백질 보충제를 먹기 시작한 지 두 주쯤 지났을 때였다. 복싱 체육관에서 하루 두 시간 가까이 강도 높은 훈련을 소화하던 시절이었는데, 운동을 마치면 빼놓지 않고 딸기 맛 셰이크를 만들어 마셨다. 어느 날 땀에 흠뻑

젖은 운동복을 정리하다가 코를 찌르는 냄새에 놀랐다. 딸기 향과 땀내가 섞인 아주 역한 냄새였다. 도대체 감미료를 얼마나 많이 넣었길래 땀에서 이런 냄새가 나는 걸까? 상상만으로도 너무 인공적이었다.

단백질 보충제가 일으키는 문제는 땀 냄새만이 아니었다. 그보다 더 중대한 애로사항이 하나 있었으니, 바로 무시무시한 방귀 냄새였다. 냄새가 너무 지독해서 곤란한 타이밍에 가스가 차오르지 않을까 늘 노심초사하며 지냈다. 그래서 밥을 먹은 뒤에는 한참 동안 밀폐된 공간을 피해 다니기까지 했다. 하지만 내 방귀 냄새의 위력은 상상을 초월했다. 어느 날 탁 트인 공원에서 나름 남들을 피해 방귀를 처리했다고 생각하고 안심하고 있을 때였다. 그런데 한참 떨어져 있던 (교환학생 시절 어울리던) 미국인 친구가 외쳤다.

"Oh, gross! 누군가 아주 고약한 짓을 했어!"

친구는 내가 범인이란 걸 알았을까? 이젠 다시 보기 힘들 친구에게 멀리서나마 사과의 마음을 보낸다. 난 그 냄새가 네가 있는 데까지 날아갈 거라고는 생각도 못 했어. 정말이야.

이런 일들은 내 안에 질문을 남겼다. 강해지고 싶다는 이유로 이런 불편을 감수해야 하는 걸까? 이렇게 먹는 게 정말 건강에 도움이 될까? 도대체 뭘 먹어야 내가 원하는 걸 이룰 수 있을까? 먹는 것에 대한 정보는 넘쳐 나는데 모두 말이 다르고, 도대체 어떤 걸 따라야 할지 알 수가 없었다.

선택지 가운데는 채식도 있었다. 하지만 단백질에 열광하는 청년에게 채식이란 단어는 귓등을 스쳐 가기만 해도 다행이었다. 채식은 곧 단백질 결핍이라고 생각했기 때문이다. 첫 번째 요가 지도자 과정에 입문한 뒤에도 이 생각에는 변함이 없었다. 요가 철학과 명상 강의에서 과식과 육식을 하면서 명상 상태에 이르기를 기대할 수 없다고 강사분이 열변을 토할 때도 난 코웃음 쳤다. 사람이 어떻게 고기를 안 먹고 사나. 골고루 먹어야지.

끼니마다 조금이라도 고기를 먹어야 하고 쌀밥이나 채소 반찬 같은 탄수화물을 많이 먹으면 살찌기 쉽다는, 나에게는 너무나도 당연한 상식은 쉽게 바뀌지 않았다. 평생을 작은 철창 안에서만 살던 개가 철창 밖으로 어디 쉽게 나올 수 있겠는가. 바깥세상이 얼마나 무서운데.

그러나 합숙하며 수련하는 요가 리트리트에 참여했을 때 나는 철창 밖으로 나가야만 했다. 합숙 일정이다 보니 식단도 모두 정해져 있었는데 완전 채식에 가까운 식단이었다. 아주 작은 멸치 같은 생선은 있었지만 그 밖에는 모두 풀과 곡물과 과일이었다. 고민스러웠지만 따르기로 했다. 어차피 며칠 안 되잖아, 다른 사람들도 다 하니 나도 할 수 있겠지, 여기 분위기가 뭔가 혹하는 게 있어, 하는 마음이었다.

그래도 불안이 완전히 가시지는 않아서 일단 많이 먹었다. 그런데도 화장실 가는 일이 어쩌면 그렇게 홀가분했는지 모른다. 더 정확히 말하면 많이 먹고 화장실을 덜 가도 되었다. 내가 먹은 건 찌꺼기를 남기지 않고 모두 써 버리는 듯한 느낌이랄까. 그런 경험은 처음이었다. 그리고 미국인 친구를 소스라치게 했던 방귀가 내 의지와 상관없이 뿜어져 나올까 걱정하지 않아도 되었다. 배가 빵빵하게 부풀지 않았기 때문이다. 물론 채식이 내 근육을 키우고 힘을 더 세게 만드는 데 도움이 될 거라 기대하지는 않았지만 몸이 편하다는 점만큼은 마음에 들었다.

　리트리트를 마치고 다시 도시로 와서는 리트리트에서 함께했던 선생님들과 며칠간 구경도 못 한 자극적인 음식을 먹으러 찾아갔다. 솔직히 정말 맛있었다. 나의 입과 혀는 격정적으로 움직였고, 소장과 대장도 격렬하게 반응했다. 그와 동시에 며칠간 잊고 살았던 독가스가 배 속에서 생성되고 있었다. 온종일 채식을 하며 하루 두세 번씩 수련한 덕에 납작하게 붙어 탄탄해진 배를 배 속에 들어찬 가스가 팽팽하게 부풀리기 시작했다. 그 극적인 변화에 조금 충격을 받았다.

　내 상식과 너무도 달랐던 먹을거리로 채워진 며칠은 나를 바꿔 놓았다. 우선 채식을 하면 몸이 편하다고 요가 선생님들이 늘 하시던 말씀을 개인의 경험으로만 치부하던 태도를 버렸다. 이젠 나도 알게 되었으니까. 그리고 채식에 대한 두려움도 조금 내려놓게 되었다. 그 며칠이 걱정했던 것보다 좋았으니까. 하지만 의문과 갈증이 완전히 해소된 건 아니었다. 여전히 채식은 빼빼 말라 가는 요가 수련자들에게나 최적화된 선택지로 보였기 때문이다. 난 튼튼하고 힘도 센 요가 수련자이고 싶었다. 퍼스널 트레이너로서 계속해 나가야 하는 훈련들이 있었고, 좋아하는 격투기 수련도 다시 시작하고 싶었다.

이럴 땐 전문가에게 물어보는 게 상책. 나는 전에 함께 일하던 영양사 선생님께 연락했다. 영국에서 공부하고 프리미어리그 축구팀과 연계된 프로그램에서 영양사로도 일했으며, 일본에서 연구와 배움의 길을 이어 가던 분이다. 처음 만났을 때 피트니스 센터의 영양 코치로 있기에는 그릇이 훨씬 크다고 느꼈었다. 믿고 신뢰할 수 있는 전문가이니 단도직입으로 물었다.

"선생님, 채식에 대해서 어떻게 생각하세요?"

"크게 불편하지 않다면 선택해도 괜찮다고 생각합니다."

당황스러웠다. 그동안 내가 접해 오던 정보들에서 늘 반복하듯, 채식을 하면 어떤 문제가 있고 결핍이 있을 수 있다는 전제를 먼저 꺼내 놓을 줄 알았는데 처음부터 그냥 '괜찮다'니…. 내 상식을 지지해 줄 대답을 기대했던 나는 지진이라도 난 듯이 놀랐다.

영양사 선생님은 내게 흥미로운 이야기를 들려주었다.

선생님이 소개해 준 완전 채식주의자인 NFL(미식축구) 선수와 UFC(세계 최대 종합격투기 대회) 선수의 사례는 정말 신선한 자극이었다. 운동 능력의 최고 수준에 도달한 사람들이 완전 채식주의자라니! 굳건했던 나의 상식에 커다란 균열이 나기 시작했다.

게다가 단백질이 고기에만 있는 것도 아니고, 우리 몸에 필요한 단백질이 그렇게 많은 양도 아니라는 점도 내 상식 밖의 사실이었다. 그러고 보니 주변에 단백질 결핍으로 고통받는 사람도 없었다. 넘치면 넘쳤지.

그 뒤로는 기존 상식에 반하는 정보를 수집하기 시작했다. 채식이나 자연식물식과 관련한 책과 다큐멘터리뿐 아니라, 채식을 유지하며 뛰어난 운동 능력을 보이거나 빼어난 성과를 낸 선수들의 사례도 더 찾아보았다. 자기 체중의 세 배가 넘는 무게를 들어 올리는 스트롱맨 대회 챔피언, 산맥 하나를 종주하는 울트라 마라톤 선수 등 여러 종목에서 다양한 선수들이 채식을 하면서도 놀라운 성적을 내고 있었다. 내가 알던 격투기 선수 중에도 비건으로 사는 사람들이 있었다.

채식이 이미 한 분야에서 세계 정상급에 오른 사람들이 선택할 수 있는 식이라면 일반인에게도 분명 이득이 있지 않을까? 합리적인 의심이 들었다. 피트니스 대회에 나가거나 보디 프로필을 찍는 것처럼 남에게 보이는 몸을 만드는 게 아니라 더 멀리, 더 빨리, 더 강하게 움직일 수 있는 신체 능력이 목표인 사람들이 선택한 먹을거리이므로 분명 건강에 도움이 될 거라고 생각했다. 나는 상식을 내려놓고 채식을 믿고 실천해 보기로 했다.

○

간헐적
육식주의자

～～～～～～～～～～～

　　　　한국에서 채식을 실천하는 건 결코 쉽지 않다. 밖에 나가서 주위를 둘러보면 금방 알 수 있다. 동물이 재료로 들어가지 않은 음식을 파는 식당을 찾기란 사막에서 바늘 찾기쯤 되니까. 기껏해야 분식점에서 채소 김밥 정도나 주문할 수 있을 것이다(아주 천천히 정말 조금씩 채식당이 늘고 있기는 하다). 게다가 고기 먹고 술 한잔해야 모양새가 나는 우리의 외식 문화에서 "저는 고기를 먹지 않는데요"라고 말하기란 생각만으로도 가슴 두근거리는 일이다(이 역시 요즘엔 진짜 조금 편해지기는 했다).

　그래도 나는 혼자 일하는 사람이니 무얼 먹을지 비교적 자유롭게 선택할 수 있다. 혼자 먹는 때가 많기 때문이다. 또 몸 챙기고 몸 만드는 게 일인 사람이 채식한다고 하면 당연히 좋은 이유가 있을 것이라 생각하는지, 고기 안 먹으면 힘들지 않느냐고 묻거나, 그러다 몸 상한다며 걱정하거나, 왜 갑자기 그렇게 하느냐며 캐묻지도 않는다. 한마디로 나만 채식하기로 결심하면 일사천리로 채식판이 벌어질 셈이었던 것이다.

아무튼 그리하여 나는 소리 소문 없이 채식을 시작해 아주 엄격하게 유지하고 있었다. 그러다 커다란 난관에 부딪혔다. 바깥이 아니라 집에서. 일단 본가에서 가족이 모이면 어머니는 고기를 먹지 않는 아들을 세상 불안한 표정으로 안타깝게 바라보셨다. 어릴 적에도 고기 안 먹고 김치만 좋아한다며 한의원에 데려가 진맥을 하고 한약까지 지어 먹이던 그 정성은 30년이 넘도록 변함이 없는가 보다. 또 명절에 처가에 가면 할머니가 솥 한가득 채워 주시는 삼계탕을 앞에 두고 채식한다고 말할 수도 없는 노릇이었다. 그러나 이 모든 걸 넘어서는 장벽이 있었으니, 바로 내 짝이다.

짝은 열렬한 육식 애호가다. 일단 고기를 잘 먹고 많이 먹는 집안에서 태어났다. 가끔 체할 때도 있지만 핏줄을 이어받아 고기도 잘 먹고 상당한 대식가다. 스케줄이 달라 마주 앉아 밥을 먹기 애매할 땐 운 좋게 피해 갈 수 있지만, 늦은 저녁 한 끼를 같이 앉아 먹을 땐 보통 눈치 보이는 게 아니었다. 같은 식탁에서 한 사람은 치킨을 뜯어 먹고 맞은편에서는 두부와 현미밥을 퍼먹는 것도 한두 번이지, 끝내 짝의 분노와 서운함이 폭발하고 말았다.

"식구가 뭐야. 같이 맛있는 거 먹고 행복하게 사는 거지! 그 재미가 얼마나 큰데. 난 이제 그런 것도 없네!”

'아이고, 내 신세야'까지 이어지지 않은 게 다행이라면 다행이랄까. 드디어 올 것이 왔구나 싶었다. 평소 내 라이프 스타일과 선택에 꾸준히 지지를 보내 준 짝이지만, 채식하는 사람 앞에서 고기 먹는 게 마냥 편하지만은 않았을 것이다. 그 마음을 알면서도 처음에는 논리적이고 합리적인 말로 설득해 보았다. 영양학적으로 채식이나 육식이나 크게 차이가 없으니 이는 선호의 차이일 뿐이라고 했더니, 그럼 나는 내 선호에 따라 그냥 고기를 먹겠다는 대답으로 튕겨 돌아왔다. 공장식 축산업이 화석연료를 쓰는 교통수단보다 더 많은 온실가스를 배출하고, 그렇게 식탁에 오른 고기는 항생제를 많이 써서 몸에도 해롭다는 말에는, 사실 나도 체감이 잘 안 되었는지 힘이 실리지 못했다. 결국 장을 볼 때부터 주말 밥상에 이르기까지 계속 실랑이를 반복하면서 우리 둘은 점점 지쳐 갔다.

내 입장에서는 여러모로 좋은 게 많은 채식을 왜 이렇게 거부하는지 답답하고, 짝 입장에선 결혼 전엔 같이 고기 잘 먹어 놓고 갑자기 채식을 들이대니 환장할 노릇이었다. 논리와 팩트가 아니라 감성 문제였다.

어떻게든 짝을 바꾸고 싶은 마음에 책장에 모여 있는 요가책들을 펼치고 채식에 관한 내용을 찾아봤다. 그러다가 유명한 아쉬탕가 요가 지도자인 키노 맥그레거의 책에서 나를 흔들어 놓은 문장을 만났다.

"채식을 강요하는 것 또한 폭력이 될 수 있다."

특정 종교에 감화해 삶이 행복해져서 열심히 포교하는 사람들에게 그 종교는 너무나 당연하고 탁월한 선택이다. 하지만 종교에 전혀 관심이 없거나 거부감이 있는 사람에게 자신의 종교를 믿으라 반복해서 외친다면, 처음엔 불편할 것이고 중간엔 괴로울 것이며 끝내는 강압적인 폭력으로 느낄 것이다. 저 문장을 읽고서, 내가 채식을 포교하듯 말했던 건 아닌지 돌아보았다. 미안한 마음이 밀려오며 번쩍 정신이 들었다.

그리고 질문이 하나 떠올랐다.

'나도 예전에는 채식이 불편했는데, 왜 그랬을까?'

내게 처음 채식을 역설하던 분들의 그 강력한 주장과 어조가 기억났다. 거기에 거부감을 느꼈던 것도. 인터넷에서 자연식물식이나 채식을 검색하면 수많은 후기를 볼 수 있는데, 채식을 한 뒤로 좋은 효과를 보았다는 글만큼이나 부작용 때문에 채식을 중단했다는 이야기도 많이 있다. 그런데 그 가운데는 채식을 중단하거나 거부하는 사람들을 비하하거나 불편할 정도로 비판하는 글도 있다. 그런 글을 쓰는 사람들은 채식을 마치 하나의 종교처럼 여기는 듯했다.

어느 스님이 한 토크쇼에서 이런 말씀을 한 적이 있다.

"내가 조언을 했는데 상대가 이걸 안 들어요. 이때 답답하고 화가 나고 불편하면 이건 참견이에요. 하지만 상대가 내 말대로 안 했더라도 아무렇지 않으면 순수한 조언이 되는 겁니다."

밥상 앞에서 계속되는 나의 참견에 짝은 얼마나 스트레스를 받았을까. 가뜩이나 운동하라고 습관적으로 잔소리하는 남편인데…. 짝이 아니라 내가 달라져야 했다.

나는 타협하기로 했다. 일단 내가 편하게 메뉴를 선택할 수 있을 때는 엄격한 채식을 한다. 김밥을 먹더라도 달걀을 빼 달라고 부탁한다든지, 라떼에 우유 대신 두유를 넣어 달라고 한다든지 하는 식으로 말이다. 그리고 아예 과일 도시락을 싸서 출근하기 시작했다. 도시락 싸는 건 생각보다 어렵지 않았다. 바쁜 날엔 미숫가루를 두유에 타서 마시는 걸로 식사를 대신하기도 했다.

그다음, 내가 메뉴를 선택하기 어려울 때는 내 기준을 일절 말하지 않는다. 배달 음식을 주문하거나 외식을 할 때 내 기준에 맞는 음식을 선택하기란 여간 까다로운 일이 아니므로 나 하나 때문에 모두를 괴롭히고 싶지 않았다. 내가 고기나 회로 한 끼 먹는다고 해서 내 몸이 바닥없이 망가지는 것도 아니라는 걸 인정하기로 했다. 대신 고기를 양껏 먹었다면 다음 한두 끼니를 거르거나 아주 가벼운 채식을 했다. 소화가 충분히 이루어져 편안해질 때까지 내 몸에 시간을 주고 싶었다.

내가 잔소리를 줄이자 짝은 즐거워했다. 내가 한 발 물 99

러서자 짝도 한 걸음 물러나 나를 지지해 줬다. 장을 볼 때 더 많은 과일과 채소를 사기도 했고, 고기를 넣은 카레와 넣지 않은 카레를 따로 만들어 식탁에 올린 적도 있다. 강요와 설득은 우리 사이에 북풍한설을 몰고 왔지만, 존중은 따듯한 햇살을 비추었다.

"간헐적 육식주의자인 오빠도 오늘은 즐겁게 같이 먹었답니다!"

짝이 근사한 곳에서 외식을 한 후 인스타에 우리 사진을 올리며 남긴 글이다. 간헐적 육식주의자라! 마음에 쏙 들었다.

채식은 명상과 닮은 점이 많은 것 같다. 매 순간 깨어 있는 상태로 내 선택을 바라보는 연습을 하게 만들기 때문이다. 동시에 이 둘은 나의 선택이 그 누구의 선택보다 우월하다는 착각에 빠지도록 하기도 쉽다. 한때 나는 명상을 꾸준히 한다는 이유만으로 내가 요가 수련과 거리가 먼 사람들보다 더 우월한 사람이라고 착각하며 살았다. 종일 일터에서 받은 스트레스와 답답함을 수업에 와서 하소연하듯 털어놓는 사람들을 보며 한심해한 적도 있었다. 하지만 명상은 이런 우월감으로 이어지는 게 아니라 이런 착각과 오만한 에고를 깨우치게 하는 연습이다. 채식도 마찬가지. 내가 채식이라는 남들과 다른 선택을 한다고 해서 더 나은 사람이 되는 건 결코 아니다. 고기를 먹는 사람들을 비판할 자격이 내게 주어지지도 않는다. 비윤리적으로 생산된 육류만큼이나 땅을 혹사하여 생산되고 화학약품에 절여진 채소도 많고, 비건이란 타이틀만 붙은 가공식품도 즐비하단 사실을 떠올려 보자. 어쩌면 그저 다른 것일 뿐일지도 모른다.

채식주의자가 아닌 간헐적 육식주의자로 나를 바라보게 되자 전보다 더 맛있는 식사를 할 수 있었다. 고기를 먹게 되면 죄책감이나 자책은 미뤄 두고 나에게 좋은 식사를 마련해 준 모든 것에 감사하기로 했다. 특히 돼지, 소, 닭, 물살이 들에게 제일 고마워한다. 음식을 남기면 이들을 헛되이 죽게 만든 셈이니 먹을 수 있는 만큼만 주문하게 되었다. 먹어야 하는 상황에선 정말 감사히 먹고 남기지 않기로. 다른 선택을 할 수 있을 땐 기꺼이 그러기로. 단순하고 손쉬운 실천 방법이다.

내가 간헐적 육식주의자가 되었듯 짝은 간헐적 채식주의자로 나아가고 있다. 가끔은 집에 있는 식재료만 가지고 가볍게 먹기도 하고, 주말 아침엔 원숭이처럼 과일만 쌓아 놓고 까불거리며 먹기도 한다. 새롭게 쌓아 올린 채식이라는 상식이 나의 에고가 되지 않게 흔들어 준 짝은, 이제 자신의 상식과 다른 삶을 천천히 받아들여 가고 있다.

○

다리 펴고 앉는 것의 새로움,
단다아사나

두 다리 쭉 뻗고 편하게 쉬는 건 정말 행복한 일이다. 특히 주말까지 몰려 있는 수업을 다 마무리하고 집에 돌아와 소파에 느슨하게 기대어 다리를 쭉 뻗고 앉아서 커피 한잔 마실 때면 성실한 시간으로 채워진 한 주가 달콤하게 느껴지기도 한다.

하지만 요가 수련에 깊이 빠져들기 전, 나는 앉기를 일종의 병처럼 바라보기도 했었다. 현대인을 괴롭히는 모든 근골격계 문제는 많이 걷지 않고 오래 앉아 있는 탓에 생기는 거라고 생각했기 때문이다. 그래서 틈만 나면 앉아서 늘어지는 짝을 보며 그렇게 잔소리를 해 댔다. 심지어 모처럼 여유 있게 데이트하러 나가 카페에 앉아 있다가도, 오래 앉아 있는 게 불편하고 싫어서 금세 자리를 뜨자고 재촉하기 일쑤였다. 그럴 때마다 짝은 나를 희한한 사람으로 바라봤다.

"아니 앉아서 쉬는 게 그렇게 힘들어? 남들 봐 봐. 가만히 앉아서 잘만 쉬네!"

이렇듯 꽉 막혀 있던 앉기에 대한 나의 생각은, 다양한 움직임의 영역에 몸을 맡기면서 몸이 경험하고 소화할 수 있는 움직임이 얼마나 폭넓은지 하나하나 알게 된 이후 천천히 바뀌어 나갔다. 지금은 앉기가 나쁜 게 아니라 앉기만 하는 게 나쁜 것이고, 바른 자세라 하더라도 그 자세로만 오래 있으면 결국 독이 될 수 있다고 생각한다.

요가 수련자든 퍼스널 트레이닝 회원이든 누구나 빠지지 않고 하는 질문이 있다.

"어떻게 앉는 게 바른 앉기예요?"

앉기를 병처럼 싫어했던 때라면 골반은 어떻게 되어야 하고 척추는 어떻게 두어야 한다고 장황하게 설명했겠지만 지금은 많이 그러지 않는다. 평소 한 자세로 앉곤 하는지, 그렇다면 그 자세가 무엇인지 물은 뒤 거기서 벗어나는 방법만 말씀드린다. 그리고 자주 일어나거나, 앉아서도 계속 꿈틀거리시라고 덧붙인다. 화장실도 다녀오고, 다리두 반대로 꼬아 보고, 발을 앞으로 뒀다가 뒤로 두기도 하시라고.

요가 동작 중에도 앉아서 하는 게 정말 많다. 심지어 명상과 호흡 수련 하면 떠오르는 대표 자세는 모두 바닥에 엉덩이를 붙이고 앉는 파드마아사나(연꽃 자세)다. 앉아서 수행하는 대부분의 요가 동작은 척추를 곧게 세우고 가만히 있거나, 몸통을 앞으로 숙이거나 비트는 종류가 많다. 이런 자세는 정형외과 의사나 생체 역학 전문가에게 비판받기도 하지만, 통증 없이 안전한 범위에서 수행한다면 다양한 이점을 경험할 수 있는 자세기도 하다.

전에는 다양한 앉은 자세들을 멋지게 소화하고 싶어서 더 깊은 전굴을 많이 시도했었다. 그런데 지금은 이 모든 앉은 자세의 기본이자 시작점이라 할 수 있는 단다아사나(막대 자세)에 매료되어 공을 들이고 있다.

단다아사나는 두 다리를 앞으로 곧게 뻗어 모으고 척추도 본래 그 모양을 잘 유지하여 바르게 세우고 앉는 자세다. 그냥 다리 뻗고 허리 펴고 앉으면 되겠다 싶은 자세인데, 실제로 해 보면 당황스러울 만큼 어렵다는 걸 알게 된다. 일단 다리를 앞으로 곧게 뻗고 바닥에 앉는 데서부터 벽에 부딪힌다. 요즘엔 의자에 앉는 게 바닥에 앉는 것보다 흔해지면서 다리를 뻗은 채 엉덩이를 바닥에 붙이고 앉을 일이 별로 없다. 그러다 보니 이 움직임 자체가 매우 생소하다. 게다가 의자에 앉아 있으면 다리는 쭉 펴져 있지 않고 늘 접혀 있다. 유연성이 줄기 좋은 환경인 셈이다. 그러니 대부분의 사람에게 엉덩이를 바닥에 붙인 채 몸을 뒤로 기울이지 않고 다리를 앞으로 곧게 뻗는 건, 학교에서 체력장 유연성 테스트할 때 마지막으로 해 본 동작이기 쉽다.

나는 서서 앞으로 숙이는 종류의 동작들은 요가를 시작하기 전에도 제법 잘하는 편이었다. 발차기와 구르기 동작이 많은 격투기 운동을 즐겨 해 온 덕분이다. 그래서 처음 요가 지도자 과정에 입문해 기본 아사나들을 배울 때 단다아사나를 보고 속으로 비웃었다. 아무리 기본 동작이라지만 너무 쉬워 보였기 때문이다. 하지만 내 몸은 이 동작을 정말 힘겹게 받아들였다.

서서 숙이는 동작에서는 중력이 상체의 무게를 당겨 준다. 그래서 자신의 신체 조절 범위를 넘는 데까지 숙이기 쉽다. 이와 달리 단다아사나는 몸통을 곧게 세우고 중력을 거스르는 동작이다. 자기 힘으로 골반 위치도 조절하고 척추도 지탱해야 한다. 관절이 유연하다는 것과 몸을 잘 조절한다는 건 같지 않아서, 단다아사나를 처음 했을 때 골반이 뒤로 누워 상체가 기우는 걸 힘으로 버티면 다리가 너무 당기고, 다리를 곧게 펴려고 하면 상체 조절이 안 되었다. 안간힘을 써서 자세를 잡았다 싶으면 허벅지에 쥐가 오르기도 하는 등 산 넘어 산이었다. 너무 어이없어 웃음만 났다.

어떻게 하면 필요한 곳에 필요한 만큼만 힘을 쓸 수 있을까? 단다아사나를 연습하면서 붙들고 있던 질문이다(지금도 크게 다르지 않다). 결국 허벅지에 쥐가 나지 않으면서 다리를 곧게 펴려면 내가 걸고 있던 브레이크를 풀어야 했다. 종아리와 허벅지 뒤쪽의 긴장을 내려놓으면 허벅지 앞쪽을 덜 세게 움켜쥐어도 무릎을 펴는 동작이 가능해지기 때문이다.

그렇게 당장 무릎을 펴는 데 집중하기보다 무리수를 두지 않고 자세를 잡는 연습을 하다 보니 의식도 호흡으로 돌아오면서 단다아사나로 좀 더 오래 머물 수 있게 되었다. 오래 머물다 보면 신경계도 점차 반응하게 된다. 이렇게까지 긴장하지 않아도 되는구나 하고 마음과 몸이 함께 깨닫는 것이다. 그럴 즈음 다리 뒤쪽의 긴장도 줄고 무릎도 편하게 펴지는 순간이 야금야금 다가왔다. 그러다 어느 순간 다리도 완전히 펴지고, 골반이 좋은 위치에 놓이면서 허리도 편해졌다. 이럴 줄 알았더라면 처음 단다아사나를 수련할 때 허리를 조이고 다리를 긴장시키지 않았을 텐데…. 그때 그렇게 힘으로 버티던 게 습관이 되어 생긴 허리와 허벅지의 긴장은 아직도 유려한 움직임을 발휘하는 데 방해가 되고 있다.

순전히 개인적인 생각이지만, 단다아사나는 앉아서 수행하는 요가 동작의 시작점인 것 같다. 단다아사나가 잘되면 앞으로 상체를 숙여 보면서 동작 범위를 넓히기도 편하고 무릎을 접어 앉는 건 당연히 더 쉬워지기 때문이다. 어지간히 연습해도 좀처럼 쉬워지지 않는 단다아사나. 그래도 괜찮다. 요즘엔 같은 자세에서 새로운 자극을 마주할 때마다 그날 수련 전까지 내 몸이 어떤 시간을 겪었는지 잠깐이라도 되돌아보며 몸을 보살피는 시간을 보내는 요령이 생겼으니까.

급하게 서두르기보다 천천히 다가가고 기다리며, 어떻게 해야겠다고 애쓰기보다 가만히 살피며 놓아두는 편이 더 지혜로운 태도라는 걸 확인해 가고 있는 중이다. 이제라도 다행이다.

○
부상이 가져다준
선물

～～～～～～～～～～～～～～～～

　　　　　고등학교 때 담임 선생님은 체대 입시를 준비
하는 친구들에게 가끔 이렇게 잔소리하셨다.

"운동하는 놈들이 그렇게 자꾸 다치면 어떡하니!"

그럴 때마다 친구들은 뒤돌아서 볼멘소리를 했다.

"몸을 자꾸 쓰니까 다치는 걸 어쩌라고…."

그때는 친구들이 그저 잔소리가 싫어서 투덜대는 거라
고 생각했는데, 이제 와 내 일상과 수련을 돌아보면서는
'녀석들 좀 억울했겠는데'라는 생각이 든다. 가만히 있어
도 몸이 아프거나 병원 갈 일이 생기는 판국에, 경쟁적인
환경에서 운동을 하면 다치기 싫어도 다칠 수밖에 없었을
테니까. 아무것도 하지 않을 때보다 무언가를 시도할 때
위험은 커지기 마련이다. 다만 아무것도 하지 않으면 얻
을 수 있는 게 하나도 없지만, 무언가를 시도하면 배우고
새로이 얻는 게 생긴다. 그래서 우리는 기꺼이 위험을 감

수하며, 운동이라는 건 그 위험을 감수하는 도전이다.

　요가도 그렇다. 수련자들은 미지의 영역에 도전하여 성장하지만, 그 대가로 부상을 입는 사람도 많다. 그것도 아주 많다. 요가 지도자 과정에 강사로 참여하거나 다양한 선생님들에게 다양한 주제로 기능해부학 강의를 하면서 받는 질문의 8할이 "제가 어디가 아픈데요…"로 시작할 정도니까. 굳이 이렇게까지 해야 하나 싶은 동작들을 하다 보니 당연히 몸에 무리가 올 만도 하다. 분명 건강하고 행복해지려고 하는 요가 수련인데, 하다 보니 아프고 괴로워진다면 이 얼마나 모순되는 일일까. 고등학교 담임선생님이 아신다면 아마 이러실 것 같다. "요가 한다는 사람들이 그렇게 아파서 어떡한대!"

　요가 해서 아픈 사람 명단에는 내 이름도 적혀 있다.

　내게는 이른바 완벽주의 성향이 있다. 난 내가 몸담은 일이나 분야에서 괄목할 성과를 내야 만족하는 편이다. 그래서 정말 최선을 다하고 미친 듯이 파고든다. 퍼스널 트레이너로만 일했을 때는 일반 회원들과는 수준이 다른 운동 능력을 보여야 한다고 생각했다. 그래서 케틀벨 운동, 바벨 운동, 맨몸 운동 등 분야를 가리지 않고 일정 수준을 넘어서는 신체 능력을 만들려고 안간힘을 썼다. 몸집이 크지는 않지만 몸을 단련하여 적지 않은 무게를 들어 올리고, 아무나 취득할 수 없는 지도자 자격도 획득하고, 끊임없이 기록을 경신해 나갔다.

그러니 요가에 입문하고 요가 강사로서 일하기로 했을 때 내가 만족했을 리 있겠는가. 요가 강사라고 하기에 내 아사나는 너무 멋이 없었다. 더군다나 유려하게 척추를 뒤로 젖힌 다음 머리 위로 팔을 길게 뻗어 뒤에서 넘어온 발등을 감싸 잡고 발바닥을 정수리에 착 얹은 채로 고요하게 머물 수 있는 요가 선생님은 정말 많았다. 그런 선생님들을 보며 요가 강사라면 이 정도는 해야지 하는 기준이 내 안에 자리 잡았다. 그 기준에 완벽하게 들어맞는 요가 수련자가 되기 위해 나는 몸을 불사르기로 결심했다.

퍼스널 트레이너로 일하면서 근육을 억세게 조이고 척추를 강직하게 만드는 데 익숙했는데, 그와 정반대인 아사나 수련을 하려니 괴로운 점이 한둘이 아니었다. 그래도 나는 이른바 쇠질 하는 남자들 중에서 유연한 편이어서 아사나 수련에 비교적 잘 적응했다. 내 완벽주의 성향은 나를 빠르게 성장시켰고 더 도전적으로 만들었다. 이게 과연 요가 수련인지 기계 체조 연습인지 알 수 없는 수련을 반복할 즈음, 나를 지도하던 선생님이 말씀했다.

"우제 씨, 지금처럼 꾸준히 하면 몇 년 안에 원하는 자세들은 다 해낼 수 있을 기예요. 다만 너무 급하게 몰아붙이는 건 아닌지 돌아보면 좋겠네요."

그때 선생님이 보신 것을 나도 볼 수 있었다면 얼마나 좋았을까. 하지만 나는 혹독하게 수련하며 나 자신을 극

한으로 몰아붙일 수 있다는 것이 자랑스럽기만 했다. 내가 앞으로 어떻게 수련해 가야 하고, 그 과정에서 언제 물러서고 참아야 하는지까지는 미처 생각이 미치지 못했다.

결국 내 허리는 망가졌다. 1년 남짓한 시간 동안 왼쪽 엉덩이에 쿡쿡 쑤시는 통증이 반복되었지만 무시했었다. 몸이 변해 가는 과정에서 당연히 감수해야 할 대가라고만 여겼다. 그러다 심각한 통증이 발현된 지 일주일도 채 안 되어 나는 단 10미터도 걸을 수 없는 상태가 되고 말았다. 주사 치료, 추나요법, 도수치료 등을 매일 받았지만 결국 옴짝달싹하지 못하고 비명을 지르는 상태가 되어 구급차에 몸을 실어야 했다. 그렇게 병원에 입원했을 때, 나는 내 완벽주의에 금이 가는 현실에 좌절했다. 퍼스널 트레이너라는 놈이, 요가 강사라는 사람이 이 꼴이 되다니. 창피해서 견딜 수가 없었다.

의사 선생님은 젊고 튼튼하니 안정을 취하고 진통제를 쓰면서 지켜보자고 하셨다. 허리에 칼 대는 게 꺼려지는 건 선생님도 나도 마찬가지였다. 하지만 마지막 마약성 진통제마저 들지 않으니 다른 도리가 없었다. 태어나 처음으로 전신 마취를 하고 수술대에 올랐다. 수술 후에도 통증이 완전히 사라지지는 않았다. 다만 극심한 문제들은 해결되었고 일상으로 복귀할 수 있다는 데 만족해야 했다. 의사 선생님은 말씀했다.

"요가 한다고 하셨죠? 생각 좀 해 보셔야겠는데요."

마음이 어지러웠다. 그동안 내가 해 온 수련이 어떤 점에서 잘못된 걸까? 과연 나는 요가 강사와 퍼스널 트레이너로서 자질이 있는 사람일까? 자존감이 바닥을 쳤고 수술로 미뤄 두었던 강의 일정을 소화할 자신이 없었다.

이 시기에, 부상을 이겨 낸 사람들 이야기를 많이 찾아봤다. 나처럼 허리 수술을 했거나, 더 심각한 치료를 받은 사람들의 후기도 찾아 읽었다. 흥미롭게도 다치는 사람은 따로 정해져 있지 않았다. 운동 종목, 운동 능력, 직업, 나이, 성별을 불문하고 다칠 사람은 다쳤다. 나보다 가벼운 무게를 다루는 사람도 수술대에 올랐고, 나보다 유연한 사람도 허리가 아팠다. 요가를 하는 사람도 허리를 다치기 일쑤지만, 일반 사무직이라서 허리가 아픈 사람도 수두룩했다. 그냥 누구나 다칠 수 있었고 아플 수 있었다.

이 당연한 사실을 왜 몰랐을까? 인정하고 나니 마음이 편해졌다. 내가 퍼스널 트레이너고 요가 강사라고 해서 다치면 안 된다는 법은 없지 않은가. 회원들도 내가 다쳤다고 비난하지 않았다. 내 자질을 의심하지도 않았다. 그냥 내가 다친 게 걱정된다고만 했다. 다친 후 나를 가장 크게 비난한 건 나였다. 다치면 안 되고 다칠 수도 없다는 잣대를 들이댄 장본인이 나 자신이었기 때문이다.

심각한 부상을 경험하기 전에 나는 어리석은 사람들이 다친다고 착각했었다. 운동 방법을 모르거나 운동 경험이 없거나 무모하게 운동하는 사람들만 다친다고 여겼다. 하지만 좋은 약도 잘못 쓰면 독이 되듯, 운동 방법이 좋아도, 좋은 선생님과 함께해도, 운동을 보수적으로 실천해도 다칠 수 있다.

더군다나 나는 강직하면서도 동시에 유연한 인조인간 같은 척추를 갖겠다는 일념으로 고중량 웨이트 트레이닝과 고난도 아사나 수련을 무리하게 밀어붙인 사람. 각각의 훈련을 영리하게 수행했더라도 쉽게 달성할 수 있는 목표가 아니며, 하나를 얻으면 다른 하나를 포기해야 하는 것일 수도 있었다. 비유하자면 나는 온갖 영양제를 가리지 않고 먹다가 오히려 간이 상해 버린 환자와 같았다.

부상 경험 뒤 내 수업은 한결 부드러워졌다. 간간이 독설과 강도 높은 지적으로 채워지던 이론 수업은 '열린 가능성'과 '미지의 영역'에 대한 존중으로 대체되었다. 내가 다쳐서 고생하고 나니 내 수업에 오는 사람들, 내가 만나는 사람들은 나와 비슷한 경험을 하지 않길 바라게 되었다. 아픔을 존중하고 공감하고 어루만질 수 있는 마음의 여유도 생겼다. 누구나 다칠 수 있다는 사실을 수용한 덕분이다.

요가 수련을 하다 보면 아플 때가 있다. 많은 수련자가 이 순간을 두려워하면서 '왜 나는 아프고 약할까?' '왜 내가 그렇게 했을까?' 하고 자책한다. 그러나 이는 수련자가 못나서 생긴 일이 아니다. 그저 일상다반사의 한 부분일 뿐. 따라서 이런 일을 맞닥뜨렸을 때 가장 먼저 해야 할 것은 자책이나 걱정이 아니라 인정과 수용이 아닐까. 다치고 아파서 제일 힘든 사람이 나인데, 내가 나를 보듬지 않으면 누가 나를 돌보겠는가.

완벽해지기를 요구하고 더 성장하기를 강요하는 치열한 세상이기에 불완전함을 받아들이는 용기가 더욱 절실해진다. 험한 세상을 건너가는 데도, 진실한 마음으로 나 자신을 바라보는 데도.

○
통증이
건네는 말

〰〰〰〰〰〰〰〰〰〰〰

1 대 1 수업에서 회원분들께 자주 던지는 질문이 있다.

"어제 뭐 드셨어요?"

돌아오는 답변은 대개 이렇다.

"뭐 먹었더라? 어… 기억이 잘 안 나네요."

이렇게도 자주 묻는다.

"지난 주말은 어떻게 보내셨어요?"

역시 많은 회원분이 머뭇거린다.

"주말에 뭐 했더라? 음…."

하루 진에 뭘 먹고 뭘 했는지 기억도 못 할 민큼 많은 사람이 정신을 자기 자신이 아닌 바깥에 두고 산다. 그러다 보니 해야 할 일이나 다음 일정은 기억해도 자신이 지금 어떤 상태인지 모르는 사람들을 자주 만나게 된다. 그런데 이런 사람들도 자기가 뭘 했는지 잘 기억하고, 지금 자신의 상태가 어떤지 잘 아는 때가 있다.

"허리가 언제부터 불편하던가요?"

"어제 퇴근하고 집에 가서 누우니까 갑자기 뻐근하면서 불편하기 시작했어요."

불편함이 크면 클수록 몸이 아프면 아플수록 사람들은 자기에게 주목하며, 평소 무관심했던 몸의 소중함을 새삼 깨닫는다.

"새끼손가락 다쳐서 불편하시겠어요."

"세상에! 제 손가락이 이렇게 소중한지 왜 몰랐을까요."

아픈 순간만큼 자신에게 집중할 좋은 기회는 흔치 않은 듯하다.

요가 수련에서도 마찬가지다. 분명 요가란 이름 아래 반복하는 수련은 자신에게 주의를 기울이는 것인데, 우리는 보통 아사나의 모양이나 선생님의 구령에 더 집중하곤 한다. 숙련한 수련자가 아닌 다음에야 반복하는 수련 속에서 자신에게 집중하는 시간은 좀처럼 많지 않다. 하지만 몸이 아프면 자연스럽게 주의가 자신에게로 향한다.

나는 허리를 다친 뒤에 내 자세를 진지하게 돌아볼 수 있었다. 불안한 허리를 붙잡고 걷다 보니 내가 얼마나 골반을 앞으로 내밀고 서서 움직이는지가 보였다. 엉덩이 근육을 잘 쓴다고 생각했었는데 허리에 힘이 더 많이 들어가 있는 순간이 꽤 많다는 것도 새로 알게 된 사실이다.

습관처럼 하던 운동부터 도전적인 아사나까지, 다시 연습할 때마다 불안한 허리는 다시 아프지 않기 위해 나에게 신호를 보냈다.

"스톱! 거기 조심 좀 하시지."

크게 다치기 전에 나는 통증을 느끼는 수련이나 통증을 견디는 연습은 어리석은 것이라고 생각했었다. 통증 없이 운동하고 움직여야 하는데 요가하면서 통증을 야기하면 어쩌나 하고 말이다. 물론 무조건 참고 견디며 통증을 계속 반복하고 자극할 필요는 없다. 그러나 통증을 바라보고 대하는 연습은 분명 필요하다. 통증을 다스려 가면서 몸을 더 알아 갈 수 있기 때문이다.

개인지도 수업 중에 만난 W 회원은 후굴 동작에서 늘 허리 통증을 호소했다. 나와 수업할 때는 허리 통증이 없는데 혼자 수련할 때마다 허리 통증이 생긴다는 점이 특이했다. 혼자 수련할 때 움직이는 방법에 문제가 있는 건 아닌지 알아보려고 영상을 촬영해 살펴보기도 했지만 크게 이상한 점은 찾을 수 없었다.

무엇이 잘못되었을까? 왜 아플까? 걱정이 앞섰던 나는 이어지는 수업에서 사사건건 끼어들어 시석을 해 댔다. 그러던 어느 날, 수업 마친 W 회원이 절망한 듯 말했다.

"선생님, 저는 몸을 왜 이렇게 못 쓸까요? 혼자서는 요가를 할 수 없나 봐요."

순간 띵했다. W 회원은 자신의 몸과 움직임을 신뢰하지 못했는데, 내가 제공한 수많은 정보와 팁, 사실은 잔소리가 화근을 불러일으켜 스스로를 믿지 못하게 한 것이라는 생각이 들었기 때문이다. 도움이 되기는커녕 이렇게 하면 아플 수 있다, 저렇게 하면 불편할 수 있다는 두려움과 걱정만 심어 주고 말았다. 너무나 미안하고 마음이 아팠다.

"전혀 그렇지 않아요. 잘하고 계세요. 잘못해서 아픈 게 아니에요."

나는 W 회원이 정말 잘하는 자세들, 첫 수업 때보다 한결 나아진 모습들을 이야기하며 누구나 아플 수 있다고 말했다. 아픈 것이 늘 다치거나 문제가 있다는 뜻은 아닐 수도 있다고 알려 주었다. 그리고 통증이 생길 것 같으면 동작을 하지 않아도 좋으니, 자신 있는 자세들을 하면서 즐겁게 수련하다가 그냥 재미 삼아 시도하듯 불편한 동작을 조금씩만 해 보자고 제안했다.

일주일 후에 다시 수업에서 만난 W 회원은 훨씬 밝고 자신감 넘치는 표정이었다.

"이번 주에는 한 번도 안 아팠어요! 다 선생님 덕분이에요."

통증을 두려움과 공포의 신호가 아니라 잠시 자신을 돌아볼 계기로 삼는 연습은 W 회원을 강하게 만들었다. 잘못된 자세나 움직임에서 통증이 유발될 수도 있지만, 동작을 늘 못한다는 생각이 불러일으킨 두려움에서도 생겨날 수 있다는 새로운 관점은 W 회원에게 몸을 대하는 새로운 지평을 열어 주었다.

　통증과 부상. 이는 더 이상 나아갈 수 없다는 멈춤 신호
가 아니다. 방법을 바꿔 보고, 생각을 달리해 보고, 더 크
게는 일상에 변화를 만들어 보라는 알림이다. 몸이 우리
에게 조심하라고, 뭔가 좀 안 좋은 것 같으니 다르게 해 보
자고 건네는 제안이다.

　통증은 수련에 대한 것만 이야기하지 않기 때문에 삶 전
체를 보살피는 선생님처럼 다가온다. 부상의 근본 원인
역시 아사나 수련에서만 비롯되는 게 아니라, 하루 중 습
관적으로 반복하는 모든 동작에서 기인하기에 지금 아프
고 불편한 감각은 수련만의 문제가 아니다. 예를 들어 수
련 중에 자세가 아무리 완벽해도 수련 외 시간에 구부정
하고 비틀린 자세로 옴짝달싹하지 않고 있으면 누구라도
아플 수 있다. 그런 생활을 한다면 누구든 허리 병이 도질
법하다.

　그렇기에 지금 아프다면, 불편하다면, 그래서 수련이 힘
들어지고 있다면, 이보다 좋은 기회는 없다. 매트 안팎에
서 나를 만들고 있는 모든 길 되돌아볼 시간이다. 몸의 자
세부터 마음가짐, 식사, 잠자는 버릇까지 나를 이루고 있
는 모든 것을 조율할 최적의 타이밍이 온 것이다. 그러니
그 기회를 통증과 부상이 없었으면 평생 몰랐을 삶의 비
책을 찾는 탐구에 쓰시길.

○

앉는 자세를 회복하며 알게 된 것, 파드마아사나

〰〰〰〰〰〰〰〰〰〰〰〰〰〰〰〰〰〰〰〰〰〰〰〰〰〰〰

요가 하면 맨 처음 떠오르는 자세는 무엇일까? 두 발을 허벅지 위에 올려놓고 앉는 파드마아사나(연꽃 자세) 아닐까. 멀리 갈 것도 없이 짝은 내가 요가 한다고 했을 때 파드마아사나로 오랫동안 명상하는 걸 떠올렸다고 한다. 그러니 결혼 후 집에서 화통 같은 숨소리를 내며 거꾸로 서고 몸통을 뒤로 젖히고 땀을 뻘뻘 흘리며 수련하는 나를 보고 질겁할 수밖에.

파드마아사나는 어렵지 않게 따라 할 수 있을 것 같은 동작이다. 의자 생활을 더 많이 하긴 하지만 아직도 가끔 바닥에 양반다리로 앉는 경우가 있어 자세가 익숙해 보이기 때문이다. 하지만 단다아사나가 그랬듯 파드마아사나도 처음 시도하는 사람을 겸손하게 만든다.

나는 가끔 여성 회원에게는 "어렸을 적 이후로 고무줄놀이 해 본 적 있으세요?"라고 묻고, 남성 회원에게는 "군

내무반 생활 이후로 평소 양반다리로 앉아서 생활하는 분계세요?"라고 묻는다.

열에 아홉은, 아니 요즈음엔 열이면 열 없다고 대답한다. 고무줄놀이에는 다리를 양옆과 위아래로 벌리는 동작이 있는데, 그때 골반에 연결된 다리뼈가 다양한 각도로 움직인다. 양반다리로 바닥에 앉을 때도 다리뼈를 다양하게 조절해서 움직여야만 조금 더 편하게 바닥에 엉덩이를 비비고 있을 수 있다. 고무줄놀이나 양반다리를 하지 않더라도 우리는 일상에서 다리뼈를 다양한 방향으로 움직이며 생활한다. 또한 대표적인 근력 운동인 스쾃(요가에서는 말라아사나)에서도 이 동작은 필수다. 그만큼 골반에 연결된 다리뼈가 자유롭게 움직이는 능력은 매우 중요하다.

요가의 시그니처 자세인 파드마아사나에서도 마찬가지다. 단다아사나에서 다리뼈를 허벅지 바깥쪽으로 돌리면서 발을 들어 올려야 파드마아사나 위치로 다리를 접어 놓을 수 있다. 이때 다리뼈가 충분히 돌아가지 않는 상태에서 발이나 발목을 억지로 당겨 올리면 애처로운 모습이 된다. 실제로 요가 초심자들과 함께 수련하다 보면 발끝만 허벅지 안쪽에 걸려서 발목은 꺾일 듯 늘이나고 발바닥에 피가 안 통해 하얗게 질린 모습을 쉽게 목격할 수 있다. 그래서인지 일반 요가 수업에서 파드마아사나 수련을 진행하면 무릎 또는 발목이 아프다거나 허벅지가 발에 눌려서 괴롭다면서 이런 질문을 던지는 수련자가 자주 있다.

"참고 계속 하다 보면 좋아질까요?"

허벅지 근육이 강하게 당기거나 엉덩이가 스트레칭되는 느낌이 강하다면 그나마 견뎌 볼 만하다고 치자. 그런데 무릎이나 발목은 관절인데 과연 계속 한다고 좋아질까? 어른들이 관절 삭는다고 염려하는 게 이런 상태를 두고 하는 말씀은 아닐까? 비단 관절 때문이 아니더라도 나는 몸이 괴로우면 방법을 달리해야 한다고 생각한다.

파드마아사나는 요가 자세의 하나기도 하지만 명상에 사용하는 좌법이기도 하다. 고요하게 앉아 있는 자세라는 뜻이다. 굳이 차분히 앉는 시간을 만드는 건 평소에 좀처럼 진정하지 못하는 생각을 다스리기 위해서인데, 앉는 자세가 괴로우면 어떻게 될까? 생각이 더 많아진다. 아파도 괜찮은 건지 걱정되고, 언제까지 이렇게 앉아 있어야 하는지 궁금하고, 얼른 끝났으면 좋겠다고 기다리고, 집중되지 않으니 지루해진다. 그리고 다리가 아프다는 감각은 온몸을 부정하게 만드는 저항을 만들어 낸다. 빨리 다리 풀고 드러눕고 싶게 만든다.

처음으로 참여한 요가 지도자 과정에 1박 2일 단체 연수 프로그램이 들어 있었다. 마룻바닥에 줄 맞춰 앉아서 강의를 듣고 요가 수련 시 활용하는 호흡법과 다양한 이론을 배웠다. 그런 다음 파드마아사나를 하고 명상을 했는데, 제법 긴 시간 동안 진행되었다. 예비 강사들이라서 그랬을까? 많은 사람이 힘들어하는 듯했다. 처음엔 고요했던 강당이 사람들이 꿈틀대고 바스락거리는 소리로 어수선해졌다. 소리를 흘려보내고 호흡에 집중하려 노력하고 있는데 강사 선생님이 말씀했다.

"너무 힘드신 분들은 다리를 풀고 뒤로 누워서 잠시 쉬어 가십시오."

말이 끝나기 무섭게 강당 곳곳에서 사람들이 움직이는 소리가 났다. 눈으로 보지 않아도 어떤 상황인지 알 수 있었다. 명상을 마치고 눈을 떴을 땐 절반 이상이 누워 있었다. 강사가 되려는 사람들에게도 파드마아사나는 쉽지 않은 자세였던 것이다.

허리 디스크 수술 후에 의사 선생님으로부터 바닥에 양반다리로 앉지 말라는 충고를 들었다. 그렇게 앉으면 허리가 구부정해지기도 쉽고, 완전히 터져 버린 내 요추 5번 디스크가 그 상태를 버티기 어렵기 때문이다. 하지만 생활하면서 바닥에 앉아서 움직이는 걸 피할 수는 없는 노릇이니, 허리를 또 다칠까 봐 언제까지고 그 동작을 피할 도리는 없다는 생각이 들었다. 그래서 벽에 등을 대거나 엉덩이 아래에 방석이나 블록을 두고서 비딕에 안전하게 앉는 경험을 반복하기 시작했다. 바닥에 잇는 자세가 어렵다거나 위험할 수 있다는 생각에 사로잡혔을 때는 호흡도 짧아지고 의식도 흐트러졌지만, 안전하고 편안하게 앉는 경험을 한 번 두 번 반복하면서 자신감이 생기자 허리의 긴장도 줄고 호흡도 차분해졌다.

이렇게 앉는 자세를 회복하면서 알게 된 것이 있다. 파드마아사나가 견디면서 반복하는 동작이 되어서는 안 된다는 점이다. 단다아사나를 연습할 때 불필요한 힘을 빼고 차근차근 몸을 조절해 가며 자세에 익숙해져 갔던 것처럼, 파드마아사나도 충분한 시간을 두고 쾌적하게 반복해 나가는 편이 좋다. 꼭 양다리를 모두 교차해서 파드마아사나를 하지 않아도 된다. 한 다리만 접어 발을 허벅지에 올리고 수행하거나 그냥 무릎만 접고 양발 모두 바닥에 두고 앉을 수도 있다. 내가 수술 뒤 회복할 때 했던 연습처럼 엉덩이 아래에 방석이나 블록을 두고 수행해도 좋고, 등을 벽에 붙이고 앉아도 된다.

허리 디스크 수술을 한 지 두 해가 지난 지금은 다시 파드마아사나를 한 채로 10분이고 30분이고 앉아 있을 수 있다.

'지금 이 상태로 고정되어 있지 않다. 나는 끊임없이 변화해 간다.'

수술 뒤 재활 기간 동안 잊지 않기 위해 끊임없이 되뇐 주문이자, 모든 순간 내 몸을 통해 거듭 확인해 온 사실이다. 앎이 분명해질수록 조급한 마음은 설 자리를 조금씩 잃어 갔다. 느긋할수록 내 아사나는 더 단단해졌다.

○
이마와 정강이 사이에서,
전굴 자세

～～～～～～～～～～～～～～～～～～～～～

　　　지금은 어떤지 모르겠는데 내가 중·고등학생
이던 때는 '체력장'이라는 게 있었다. 학교에서 정기적으
로 학생들의 체력을 측정하는 제도였다. 성적에 크게 반
영되는 것도 아니고 부모님이나 선생님이 잘해야 한다고
채찍질한 것도 아닌데, 내 안에서는 우수한 기록을 내고
싶다는 마음이 들끓었다. 초등학교 고학년 때 축구를 못한
다고 따돌림당하고 몸집이 작다고 괴롭힘당했던 기억 때
문이었는지 몸이 약해 보이는 게 죽기보다 싫었다. 그래서
체력장 시즌이 되면 남몰래 학교 운동장에서 달리기와 손
끝 발 닿기 연습을 했다. 그 덕분일까? 나는 체력장에서 제
법 두각을 나타냈다. 단거리 달리기에서 상위권에 들었고
오래달리기도 운동부 친구들 다음으로 잘했다. 제일 도드
라진 건 유연성 평가였다. 다리를 쭉 펴고 앉아서 앞으로
숙이는 유연성 평가에서는 최상위권이었으니까.

그 기억 때문인지 나는 양 무릎을 쭉 펴고 두 발을 모은 채로 아랫배와 가슴이 허벅지에 찰싹 달라붙을 때까지 앞으로 몸이 접힐 수 있어야 유연한 사람이라고 생각하며 자랐다. 그 연습을 꾸준히 했음은 물론이다. 덕분에 요가를 시작하기 전에도 전굴을 제법 잘 흉내 낼 수 있었고, 그래서 요가를 하는 데 남보다 더 유리할 거라고 예상했다. 실제로도 그런 면이 없지는 않았다.

하지만 아사나 수련에는 그 이상이 필요했다. 폴더폰처럼 몸통을 앞으로 접는 동작만 해도 내가 해 온 파스치모타나아사나(앉은 전굴 자세)와 우타나아사나(선 전굴 자세) 말고도, 다리를 좌우로 넓게 벌리고 몸통을 앞으로 숙이는 우파비스타코나아사나(박쥐 자세), 양 발바닥을 서로 맞대고 양반다리처럼 앉아 몸통을 앞으로 숙이는 받다코나아사나(나비 자세)를 비롯해 다양한 동작이 있었다. 게다가 내 깜냥에는 잘한다고 생각했던 동작도 알고 보니 가야 할 길이 한참이나 남아 있었다. 내 첫 번째 요가 선생님이 충격적이라 할 만큼 유연한 몸으로 쉽고 부드럽고 안정적으로 수행하는 아사나를 보고는 그렇게 생각하지 않을 도리가 없었다. 선생님이 발레리나 출신임을 알고 나서, 나처럼 보통의 인간은 그렇게 할 수 없어도 괜찮을 거라고 그나마 안도 비슷한 것을 할 수는 있었지만, 아무튼 요가 입문 후 내가 그동안 인간의 움직임을 얼마나 편협한 틀 안에서 바라보고 있었는지 확실하게 실감할 수 있었다.

이후 전굴 연습을 열심히 했다. 특히나 퍼스널 트레이너로서 몸 뒤쪽을 강하게 훈련하는 경우가 많다 보니 아사나 수련에서 몸을 앞으로 숙이고 발바닥부터 종아리, 허벅지 뒤쪽, 엉덩이, 허리와 등까지 이어지는 선을 길게 늘리는 동작들은 힘들지만 매력적이었다. 늘 뻣뻣하고 피로했던 종아리와 허벅지 뒤쪽이 시원해지는 느낌에 중독되었달까. 그래서 허벅지 뒤쪽에 자극이 오는 동작을 정말 많이 했는데, 다다익선이 과유불급으로 바뀌는 순간이 오기까지는 그렇게 긴 시간이 필요하지 않았다.

　전굴에서 머무는 시간이 긴 수련을 많이 한 날이었다. 우파비스타코나아사나를 3분에서 5분 정도 유지했던 것 같다. 처음 1분까지는 다리가 부들부들 떨리는 긴장감이 남아 있었는데 점차 이완되면서 앞으로 좀 더 숙일 수 있었다. 그 상태에서 몸통을 조금 더 깊이 숙이자 다시 팽팽한 긴장이 느껴졌다. 그 긴장을 버티는 힘겨운 시간을 보내고 나서 천천히 다리를 모아 단다아사나로 돌아왔는데 내 다리가 아닌 느낌이었다. 걸으려고 일어섰을 때도 느낌이 묘했다. 다리가 가벼운 건지 풀려 버린 건지 구분이 되지 않았다.

　문제는 그날 오후에 근력 운동을 할 때 벌어졌다. 도무지 다리에 힘이 들어가질 않았다. 무게를 들어 올리려면 다리와 엉덩이가 힘을 써야 하는데 그 부위가 느슨하게 풀려 있으니 제대로 운동이 되지 않았다. 그리고 다리와 엉덩이가 져야 할 부담이 허리로 집중되니 허리에 무리가 갔다. 과도한 요가 수련이 남긴 흔적이 사라지고 몸이 회복하기까지는 오랜 시간의 휴식이 필요했다.

그 일이 있고 나서 얼마 지나지 않아 참여한 요가 워크숍에서 나는 '은총'이라고 불러도 될 만한 말씀을 만났다.

"요가는 정강이에 이마를 닿게 하는 게 아니다. 이마가 정강이에 다가가는 동안 경험하는 과정이다."

'신이 나의 요가 여정을 도우시는 건 아닐까?' 정말로 이렇게 생각했다. 정말 큰 영감을 받았기 때문이다. 이날 이후로 전굴을 할 때 내 목표는 폴더폰처럼 접히는 상태가 아니라 '편안하게 머물 수 있는 깊이'를 찾는 것으로 바뀌었다. 그리고 그 자세에 머무는 동안 내 몸 어느 부위가 반응하는지 주목하는 데 집중하고 있다. 이 연습은 허리를 다친 뒤에 더 중요해졌는데, 허리를 보호하면서 안전하게 몸을 숙이고 호흡을 유지하면서 수련하려면 현재 순간을 하나도 놓치지 않으며 기민하게 반응해야 했기 때문이다.

아사나 수련에서 전굴은 발바닥부터 목 뒤까지의 긴 연결선을 고르게 늘릴 수 있어야 한다. '고르게'라는 부분이 중요하다. 후굴이나 비틀기도 마찬가지겠지만, 인체 움직임의 한계를 넘어서는 아사나 수련을 할 때 움직임을 몸 전체에 고르게 분산하는 것은 매우 중요하다.

하지만 나의 전굴은 지나치게 허벅지 뒤쪽 햄스트링에

집중되어 있었다. 게다가 허리를 세워야 한다는 강박에 사로잡힌 나머지 뻣뻣해진 척추기립근은 좀처럼 이완되지 못했고, 결국 내 허리가 망가지는 한 가지 원인이 되었다. 많은 요가 수련자들이 전굴을 수행하다 다친다. 나처럼 허리를 다치기도 하지만 대체로 엉덩이 쪽의 통증을 경험한다. 햄스트링에 지나치게 집중된 스트레칭을 반복하는 전굴 동작으로 몸에 무리가 온 탓이다. 실제로 퍼스널 트레이닝 수업에서 요가 수련 중 이와 같은 부상을 입고 찾아오는 분들을 자주 만나기도 한다.

이제는 전굴 동작을 해도 이전처럼 허벅지 뒤쪽과 종아리가 괴로울 정도로 당기거나 하지 않는다. 등부터 발바닥까지 몸 뒤쪽이 고르게 당기며 시원한 느낌이 든다. 그리고 이렇게 아사나를 수행한 후에도 힘차게 걷고 달릴 수 있다. 처음 우파비스타코나아사나를 5분간 우격다짐으로 버틴 후 어기적거리며 걷던 때와는 분명 달라졌다. 여전히 발을 머리 뒤로 넘기는 동작은 괴롭고 어렵다. 하지만 그 자세가 안 된다고 해서 내 전굴이 전보다 못하다고 여기지 않는다. 괴로워도 무작정 버티기만 하던 데서 벗어나 몸을 알아차리며 여유 있게 동자에 다가갈 수 있다는 점에서 내 전굴 능력은 훨씬 성장했다.

요가 하면 떠오르는 이미지는 신기에 가까운 자세들이다. 앞으로든 뒤로든 보통 사람은 도저히 근처에도 미치지 못할 것 같은 극단적인 움직임으로 기억되고 회자되곤

하는 게 요가다. 하지만 남들이 요가를 그렇게 바라본다고 해서 내 수련이 꼭 그렇게 가야만 하는 것은 아니다. 이마가 정강이에 닿고 발바닥과 뒤통수가 만나도록 몸을 뒤로 젖힐 수 있더라도, 그 과정에서 배우고 느끼는 게 없다면 텅 빈 수련이 된다. 체력장에서 안간힘을 써서 손으로 발을 잡는 것과 별반 다를 게 없다. 하지만 이마와 정강이가 좀 멀더라도 모든 호흡마다 발, 종아리, 허벅지, 엉덩이, 허리, 등에서 어제와 다른 오늘의 몸을 만나고 느낄 수 있다면 충만한 요가 수련이다. 그러니 더 자주, 상대적으로 더 쉽게 반복할 수 있는 동작을 좀 더 요가답게 실천해보는 건 어떨까.

○
요가만 하면
요가를 잘할 수 있을까

중학생 때 힙합과 비보잉에 꽂혀 있었다. 그
나이엔 대부분 뭔가 멋져 보이고 남들 눈에도 특별하게
보일 것 같은 걸 좋아하기 마련인데, 나에겐 춤이 그렇게
보였다. 수업이 끝나고 친구들이 다 학교를 빠져나가면,
나는 빈 교실 한편에서 바닥을 문대며 구르고 도는 연습
을 했다. 하도 많이 바닥에 찧고 넘어져서 온몸에 멍이 가
실 날이 없을 지경이었다. 그래도 학교 축제 때 내가 윈드
밀을 도는 모습에 친구들이 경악하던 걸 보고 내심 뿌듯
했던 기억이 있다.

그때 그렇게 바닥에서 구른 덕분인지 지금도 그런 움직
임은 익숙하고 편하다. 하지만 그때나 지금이나 거꾸로
서는 건 늘 어렵다. 중학생 때는 거꾸로 서서 도는 동작들
이 너무 하고 싶어서 물구나무서기나 공중제비를 잘하는
친구에게 비법을 전수해 달라고 쫓아다니기까지 했는데

131

별 진전은 없었다. 그래서인지 거꾸로 서서 하는 동작들은 계속 동경의 대상으로 남아 있었다.

요가 수련에서도 그랬다. 요가 수련을 하다 보면 누구나 꿈의 아사나가 하나씩은 생기기 마련인데, 나는 한쪽 다리를 등 쪽으로 굽혀 손으로 잡고 다른 쪽 다리로 서서 균형을 잡는 자세(나타라자아사나)와 양손으로 물구나무서기를 한 채로 자유롭게 움직이는 자세들을 꿈꿨다. 하지만 양손 물구나무서기, 이른바 핸드 스탠드(아도무카브륵샤아사나)는 늘 쉽지 않았다. 서른 번 정도 시도하면 한두 번 얻어걸리며, 그럴 때도 곧고 반듯하게 두 팔로 서 있는 모습이 아니라 바나나처럼 휘어져서 언제라도 고꾸라질 것처럼 위태로운 자세로만 되는 수준에 딱 멈춰 있었다.

근력 문제인가 싶어서 벽에 배를 붙이고 거꾸로 서서 버티는 연습도 해 보고, 벽에 다리를 대고 물구나무선 채로 푸시업을 연습하기도 했다. 그렇지만 조금 도움이 될 뿐 근본적인 변화는 생기지 않았다.

핸드 스탠드를 잘하고 싶어서 여기저기 기웃거리며 비법을 알아보았지만 대체로 돌아오는 답은 비슷했다.

"수련하다 보면 알아서 될 기예요."

틀린 말은 아니라고 생각했다. 균형 잡힌 아사나 수련은 움직임을 정말 놀랍도록 개선하므로 그냥 묵묵히 하던 수련을 계속 이어 가는 것은 분명 좋은 방법일 거라고. 그렇지만 그 말 뒤에 늘 따라오는 다음 말에는 쉽게 수긍할 수 없었다.

"핸드 스탠드를 너무 열심히 하면 어깨가 굳어서 후굴이 잘 안 될 수 있어요."

나에게는 그 말이 마치 줄넘기 많이 하면 종아리에 알이 밴다거나 달리기 많이 하면 무릎 나간다는 말처럼 들렸다. 줄넘기 많이 해도 종아리가 가늘고 매끈한 복싱 선수가 얼마나 흔하며, 마라톤을 하면서도 건강한 무릎으로 사는 사람 역시 얼마나 많은가.

내가 납득하기 어려웠던 또 하나는, 어깨와 귀를 계속 서로 멀리 두라는 요가 수업에서의 안내였다. 팔을 머리 위로 올리는 자세든 등 뒤에 두는 자세든 항상 그렇게 말한다. 사람들이 워낙 목과 어깨를 움츠리고 있어서 이런 움직임을 강조하는 것이겠지만, 이게 모든 자세에서 항상 맞는 것은 아니라는 생각이 들었다. 특히 핸드 스탠드에서는 귀와 어깨 사이를 멀리 두고 자세를 만들기가 매우 어렵다. 기능해부학적으로 볼 때 팔을 위쪽으로 들어 올리면 어깨뼈가 위로 회전하면서 올라가는 것이 자연스러운데, 어깨와 귀를 서로 멀리 두려면 이 자연스러운 움직임에 역행하기 때문이다.

또 어깨와 귀를 멀리 두면 팔을 완전히 머리 위로 밀면서 체중을 지지하기 어려워 몸통이 지면에 수직으로 서지 않는다. 그 상태에선 자연스럽게 허리가 바나나 모양으로 젖혀진 채로 균형을 잡는 수밖에 없다. 물론 이렇게 거꾸로 서면 후굴 동작으로 이어 가기는 쉽다. 하지만 내가 하고 싶어서 휘어지게 만드는 것과, 그렇게 하고 싶지 않은데 균형을 잡기 위해 어쩔 수 없이 휘어져야만 하는 것은 분명 다르지 않을까.

핸드 스탠드를 꼭 잘하고 싶었지만 요가 커뮤니티 안에서는 바라는 도움을 찾기 어려웠다. 그래서 나는 그 바깥으로 눈을 돌렸다. 오로지 핸드 스탠드와 관련한 기술만 연습하는 사람들에게로. 그렇게 나는 기계 체조, 칼리스테닉스(맨몸 운동) 분야의 전문가들이 핸드 스탠드를 어떻게 설명하는지 찾아보기 시작했다. 그리고 기계 체조의 방식을 적용해 보기로 했다. 그에 따라 몸을 단단히 만들고 어깨를 한껏 위로 밀어 올리는 연습을 시작한 뒤로 알게 된 것이 있다. 손을 짚고 거꾸로 서면 내 복부는 속절없이 느슨해지고 허리는 야속하게 긴장하기만 한다는 것을. 그동안 핸드 스탠드에 필요한 대로 몸을 움직이기보다는 그저 바닥에 붙어 있는 손 위로 몸을 던져 올리기만 했다는 것을.

"늘 똑같은 걸 반복하면서 변화가 생기길 바라는 것은 미친 짓"이라고 아인슈타인이 말했다지. 늘 똑같이 연습해서 내가 꿈꾸는 아사나가 되기를 바라는 건 기존의 수련 방식에 대한 집착일 수 있다는 생각이 들었다. 내가 알던 요가 수련법이 아니더라도 수련과 움직임에 도움이 된다면 새로운 시도를 해 볼 수 있다고 생각한다. 이런 맥락에서, 나는 라자 요가를 수련하는 L 선생님의 말씀을 종종 되새긴다.

"요가 수련자가 아사나만 해야 한다는 자료는 어디에도 없습니다. 아사나든 무엇이든 오히려 집착의 에너지를 경계하라는 가르침이 있을 뿐이죠."

○

꿈의 아사나가
내게 가르쳐 준 것

～～～～～～～～～～～～

처음 여의도에서 퍼스널 트레이너로 일하게
된 때부터 줄곧 같이 일해 온 M 트레이너가 있다. 에너지
넘치는 훈남 선생님인데, 살면서 팔씨름에서 져 본 적이
없다고 했다. 실제로 그럴 만한 팔뚝이었다. 그런데 신기
하게도 팔굽혀펴기를 잘하지 못했다. 무거운 바벨은 누워
서 번쩍번쩍 들어 올리는 근육질 몸인데 팔굽혀펴기를 하
면 자세가 영 어정쩡했다. 이유를 물어보니, 팔굽혀펴기
를 하면 손목이 아프단다. 아래팔 근육이 너무 단단해서
손목이 제대로 젖혀지지 않는 것 같았다. 손목이 제대로
젖혀지지 않으니 당기고 아플 수밖에.

이런 M은 핸드 스탠드를 잘할 수 있을까? 우리가 반듯
하게 섰을 때를 보면 발 위에 정강이와 다리가 지면에 수
직에 가깝게 세워진다. 그리고 핸드 스탠드 자세에서는
손이 발 역할을 대신한다. 이 말은 핸드 스탠드 자세에서

손 위에 팔이 바닥과 수직에 가깝게 세워져야 한다는 뜻이다. 그러자면 손목이 부드럽게 잘 젖혀져야 하므로, 이게 되지 않는 M은 아무리 강한 어깨와 코어를 갖고 있더라도 여간해서는 핸드 스탠드를 하기 어려울 것이다.

M보다는 나았지만 내 손목 상황도 좋은 편은 아니었다. 전형적인 오른손잡이인 탓에 오른쪽 손목이 제대로 젖혀지지 않았으며, 왼쪽 손목도 사정이 썩 낫지는 않았다. 통증은 없었지만 핸드 스탠드를 하자면 손목 움직임을 개선해야 했다. 그래서 손가락과 손목 스트레칭뿐 아니라 그 부위의 관절을 능동적으로 움직이는 연습도 틈틈이 반복했다. 그 덕분인지 핸드 스탠드뿐 아니라 바벨 운동을 할 때도 손목에 느껴지는 부담이 확 줄었다. 손목 보호대가 필요했던 강도의 운동을 보호대 없이 거뜬하게 할 수 있을 정도로 확연히 좋아졌다. 흥미로운 건 오른쪽 팔꿈치나 어깨에서 가끔씩 느껴지던 불편함이나 긴장이, 손목 움직임이 개선된 이후 한결 줄었다는 점이다.

손과 손목에서 시작한 발상의 전환은 핸드 스탠드 연습의 양상까지 바꾸어 놓았다. 핸드 스탠드를 시도하지 않으면서도 헨드 스덴드를 연습한다고 해야 힐까? 이 연습의 핵심에는 다운독이 있었다. 상체의 움직임만 놓고 보면 다운독과 핸드 스탠드는 아주 많이 닮았기 때문에, 나는 다운독을 꾸준히 연습하면서 핸드 스탠드를 준비해 나갔다. 그러던 중 친한 요가 선생님 한 분이 내 다운독 자세를 보고 가슴을 너무 내리누르면서 한다고 조언해 주었다. 그제야 내가 습관적으로 등을 젖힌다는 걸 알고, 그 뒤부터는 자주 영상을 찍어 자세를 점검하며 자세 감각을 조정해 나갔다.

이윽고 다운독이 안정되고 편안해지자 이제는 벽에 발을 대고 다운독을 하면서 팔과 어깨를 비롯한 상체에 전해지는 체중 부하를 늘려 가기 시작했다. 이 시기에 핸드 스탠드는 거의 시도하지 않았다. 그냥 좀 나아지고 있는지 궁금해서 몇 번 해 봤을 뿐이다. 신기하게도 핸드 스탠드를 하고 싶다는 욕심이나 열망이 별로 느껴지지도 않았다. 그저 늘 하던 수련에 조금 변화를 주어 가며 몸을 움직이는 데만 집중했던 것 같다.

그런데도 핸드 스탠드에 큰 진전이 있었다. 열 번 시도하면 두세 번은 바로 설 수 있을 정도로. 그리고 전에는 중심을 아예 잡지도 못하고 넘어지거나 내려올 때가 대부분이었는데, 이제는 그냥 손이 한자리에 그대로 붙은 채로 올라갔다가 내려오게 되었다. 좀 더 가볍게 움직일 수 있게 되었다는 뜻이다. 그리고 자세 유지 시간도 5초 이하에서 30초 이상으로, 호흡도 여유롭게, 다리 모양도 바꿔 가며 할 수 있게 되었다. 핸드 스탠드가 쉬워지니 아래팔을 바닥에 대고 거꾸로 서는 핀차마유라아사나(공작 깃털 자세)도 쉬워졌다. 수련하다 보면 알아서 될 거라는 동료와 선

배 수련자들의 말이 맞았다.

이상하게도, 이렇게 내가 잘하고 싶었던 아사나에 조금씩 익숙해지기 시작하자 수련이 다시 꼬이기 시작했다. 좋지 않은 습관들이 다시 올라오고, 익숙해지던 핸드 스탠드도 원점으로 되돌아가고, 여간해선 아프지 않던 손목까지 아프기 시작했다. 무엇보다도 수련이 급해졌다. 좋아하는 것만 집중해서 하고 그 외 자세는 그저 시퀀스에 있으니까 스트레칭하듯 대충 넘어가는 식이랄까. 더 심각한 건, 내가 그러고 있는 줄도 제대로 알아차리지 못했다는 점이다.

결국 나는 사고를 냈다. 집에서 핸드 스탠드를 시도하다가 굉장히 과격하게 넘어진 것이다. 내 뒤를 지나가던 백곰이는 다행히 내게 깔리는 참변을 피했으나, 내 뒤꿈치에 찍힌 쓰레기통은 박살이 났다. 엄청 아팠고 여러 군데 상처도 났지만 거기에는 별로 신경 쓰이지 않았다. 단지 내가 왜 이렇게 넘어졌는지 아예 감이 오질 않아 막막한 기분에 휩싸여 있었을 뿐이다. 그때, 옆에서 조용히 쉬다가 소스라치게 놀란 짝의 질문이 그 멍한 공기를 뚫고 들어왔다.

"요가라는 게 원래 그렇게 거꾸로 서는 걸 해야만 하는 거야?"

핸드 밸런서(hand balancer)라고 불리는 사람들이 있다. 이

들은 한 손으로 핸드 스탠드를 한 상태에서 다리를 벌려서 바닥까지 발끝을 내렸다가 올리기도 하는 등 다양하게 움직인다. 그리고 나에게 물구나무서기의 열망을 심어 준 비보이들은 물구나무서서 점프도 하고 춤도 춘다.

사실 나를 비롯한 요가 수련자들의 아사나는 리듬 체조 선수나 기계 체조 선수, 비보이의 움직임에 비하면 아무것도 아닌 듯 보인다. 이들은 많은 요가 수련자들이 갈망하는 아사나와 닮은 동작을 연이어 하는 데서 그치지 않고 그보다 더 어려운 공중제비 같은 동작도 가볍게 해내니까. 육체적 수행 능력만으로 요가 수련의 깊이와 수준을 가늠한다면 수많은 요가 강사들은 이들 앞에서 명함도 못 내밀 것이다.

하지만 요가 수업을 찾는 사람들 그 누구도 곡예에 가까운 아사나를 하는 선생님만이 좋은 요가 지도자라고 생각하지 않는다(나는 처음에 그렇게 생각한 면이 있었지만). 아사나'가' 중요하지 않다는 게 아니라 아사나'만' 중요한 건 아니라는 뜻이다. 우리가 요가 수련에 기대하는 건 몸과 마음의 성장이지 곡예를 하는 몸은 분명 아니기 때문이다.

과격하게 넘어진 그날, 내 핸드 스탠드는 분명 살짝 틀어져 있었을 것이다. 하지만 나 자신을 바라보는 지혜는 살짝 틀어진 정도를 넘어서 꽤 무너져 있던 게 분명하다. 핸드 스탠드를 비롯해 할 수 있는 아사나가 많아져서 어느 정도 자아도취에 빠져 있었던 건 아닐까. 처참한 실패 경험과 짝이 내게 던진 질문은 내 안에서 나를 비춰 주는 질문으로 자리 잡았다. 덕분에 나는 자만과 착각에서 빠져나올 수 있었다.

　우리 모두에겐 버킷리스트가 있지만 버킷리스트를 달성하지 못했다고 해서 실패한 인생이라고 말하진 않는다. 또 버킷리스트를 달성하기 위해 올인하는 걸 성공한 삶이라고 부르지도 않는다. 그런 삶이 추앙받는다 해도 그건 예외 중의 예외 중의 예외일 뿐이다. 꿈의 아사나도 그런 버킷리스트 같은 게 아닐까? 노력 끝에 꿈꾸던 아사나가 완성될 수도 있고 안타깝게도 여전히 어려운 과제로 남게 될 수도 있다. 하지만 꿈의 아사나를 해내지 못했다고 해서 나의 요가가 보잘것없게 되는 건 결코 아니다. 도전하고 노력한 덕분에 배우고 깨달았다면 그게 곧 수련이다. 꿈의 아사나는 그 노력과 도전의 동기일 뿐 요가의 수준을 결정하지 않는다.

　요가 강사로 나아가고 싶다던 열정적인 D 회원이 언젠가 내게 이런 질문을 던졌다.

　"선생님이 가장 좋아하는 아사나는 무엇인가요?"

　그때는 다운독을 가장 좋아한다고 답했지만 정말 하고 싶었던 대답은 이것이다.

　"그냥 수련하는 것 자체가 좋아요."

　여전히 나는 다운독을 좋아하고, 내 꿈의 아사나인 핸드 스탠드에는 지금도 애착이 간다. 잠자리에 들기 전에 한 번씩 시도해 보고 만족감을 느끼며 하루를 마무리할 만큼 핸드 스탠드는 특별하게 다가온다. 하지만 이제는 '무엇을 하는가'보다 '어떻게 하는가'가 더 중요함을 안다. 꿈의 아사나를 할 수 있게 되었다 한들 현재의 수련에 집중하고 그 과정에서 느끼고 깨닫는 게 없다면 나아가는 수련자가 아니며, 꿈의 아사나에 번번이 실패하더라도 수련으로 다져진 마음으로 오늘 하루를 충만하게 살아 냈다면 어제보다 분명 나아간 수련자다. 이것이 꿈의 아사나를 향한 도전이 내게 가르쳐 준 것이다.

＊

두려움이 가로막을 때, 살람바시르사아사나

나는 공포 영화를 즐겨 보지 않는다. 존재하는지 증명도 하기 힘든 귀신이나 악령을 보고 두려워하는 인물들의 이야기에 빠져드는 순간 일상이 괴로워지는 기분이 들기 때문이다. 언젠가 짝이 예매한 영화를 보러 제목도 내용도 모른 채 극장에 따라 들어갔다가, 초장부터 유혈이 낭자한 장면에 정체를 알 수 없는 분노와 불쾌를 느끼며 토할 듯한 기분으로 극장을 뛰쳐나온 적도 있다. 영화가 시작한 지 30분도 채 되지 않은 시간이었다. 왜 그랬는지 정확한 이유는 지금도 모른다. 다만 사회 초년생이 맞닥뜨리는 갑작스러운 환경 변화와 새로운 인간관계, 그리고 미래에 대한 불안 때문에 과도하게 예민하던 시기이긴 했다. 그렇게 뒤도 안 돌아보고 밖으로 나왔을 때 내게로 쏟아지는 햇살이 얼마나 반갑던지.

어릴 적에도 나는 무서운 영화나 드라마를 보기 힘들어 143

했다. 특히 〈전설의 고향〉. 〈전설의 고향〉에 귀신이 나오면 이불 속에 숨고는 했는데, 그럴 때 어머니는 이렇게 말씀하며 나를 다독여 주시곤 했다.

"저거 다 가짜야. 뭐가 무서워, 테레비가."

어린 나도 알고 있었다. 실제 귀신이 아니라는 건. 배우들이 분장하고 나와서 "으어어어어~~~~" "끼야아아아악!!" 으스스한 소리를 내며 연기할 뿐이라는 걸. 그래도 무서웠다. 감히 마주하기 힘든 공포였다.

요가에서도 수련자들이 공포에 맞닥뜨리는 때가 있다. 수련자를 두렵게 하여 공포로 떨게 만드는 자세들이 있기 때문이다. 그런 동작에 임할 때 매트 위에서 움츠러드는 수련자가 있는가 하면, 반대로 모험을 즐기는 수련자도 있다. 어찌되었든 수련자는 두려움과 마주하여 그것과 함께하는 것을 배우게 된다. 요가 수련이 마음을 단단하게 만든다면, 거기엔 이런 이유도 있을 것이다.

두려움 하면 제일 먼저 떠오르는 아사나가 있다. 바로 머리 서기다. 정수리를 바닥에 대고 손이나 팔꿈치로 함께 지지해 균형을 잡고 거꾸로 서는 동작이다(간혹 '머리로만' 서는 사람도 있다). 요가에서 머리 서기를 하는 방식은 여러 가지인데, 요가 지도자 과정에서 처음 배운 머리 서기는 양손을 깍지 껴서 뒤통수를 받치고 양 팔꿈치와 정수리로 서는 살람바시르사아사나였다. 이 머리 서기를 배우기 전에도, 중학생 시절 비보이가 되겠다고 연습하던 가락이 있어 양 손바닥과 정수리로 바닥을 지지하고 거꾸로 서는 건 할 수 있었다. 하지만 힘으로 버텨서 서는 것과 달리 살람바시르사아사나에는 정교한 균형이 필요했다. 팔꿈치는 손보다 덜 섬세했고 기저면도 더 좁았기 때문이다. 하지만 나는 첫 시도에서 만만하게 보고 힘차게 다리를 차올렸다가 벌러덩 나동그라지고 말았다.

이 일로 마음에 두려움이 새겨진 걸까. 그다음부터는 머리 서기를 할 엄두가 좀처럼 나지 않았다. 무서웠다. 또 넘어지면 어쩌나, 넘어지다가 손가락을 머리로 짓누르면 다칠 텐데, 등이 바닥으로 철퍼덕 떨어질 때 아프던데 또 그러다 큰 부상을 입는 건 아닐까… 오만 가지 생각이 들었다. 게다가 나는 남자였다. 팔뚝 굵기가 다른 여성 수련자의 두 배쯤 되는 내가 뒤에서 버둥거리다 넘어졌을 때의 민망함은 상상도 하기 싫었다. 수련생들의 시선이 내게로 쏠리며 누군가는 '저 팔뚝은 폼으로 달고 다니나?' 하고 생각할 것만 같았다. 사실 누구도 내가 넘어지는 걸 보고 비웃지 않았는데. 나 혼자 눈치를 본 것이다. 실제로는 없는 〈전설의 고향〉 속 귀신을 보고 벌벌 떨던 그 아이처럼.

하지만 한번 공포에 사로잡히고, 날아와 꽂힌 적도 없는 눈치를 보기 시작하자 몸이 뜻대로 움직이지 않았다. 그전까지 편하게 곧잘 하던 방식으로도 머리 서기를 하기가 불편하고 힘들어졌다.

아사나 수련을 해 오면서 마음처럼 몸이 움직이지 않아 답답했던 시기가 몇 번 있었지만, 머리 서기를 두려워했던 이때만큼 속상했던 적은 없었던 것 같다. 초심자의 열정을 몰라주는 야속한 몸과 쪼그라든 심장은 아사나 수련을 점점 피하게 만들었다. 그날도 그랬다. 수련하려고 매트를 깔아 놓고도 하기 싫다는 마음이 모락모락 피어올랐다. 그래서 누워서 게으름을 피우고 있었는데, 문득 질문 하나가 머리를 스쳤다. '왜 하는가?'

　요가에는 '이슈와라 프라니다나'라는 말이 있다. '신을 향한 헌신'쯤으로 해석할 수 있는 이 말은, 살아가면서 우리가 통제할 수 없고 알 수 없는 일이 생길 때 떠올리면 알맞다. 신의 뜻이라고, 세상 이치나 진리가 이 일이 일어나게끔 했다고 여기고 받아들이는 것이다. 어차피 바꿀 수도 없고 이해할 수도 없는 일이라면 안달복달 마음을 괴롭힐 필요가 어디 있겠는가. 그저 현재를 충실하게 살아갈 수밖에.

　'왜 하는가?'라는 질문은 내게 이슈와라 프라니다나와 같다. 때때로 불현듯 나를 찾아와서 본질을 되돌아보게 해 준다. 질문이 찾아온 그날도 가만히 누워 아사나 수련을 왜 하는지 돌이켜 보았다. 그랬더니 머리 서기가 안 된다고 염려할 이유가 딱히 보이지 않았다. 머리 서기를 더 잘하고 싶다면 요가를 할 게 아니라 체조 교실을 찾아가는 게 더 나은 선택으로 보였다. 실패와 부상에 대한 두려움과 남의 시선에서 자유롭지 못한 게 문제라면 혼자서 더 자주 더 안전하게 수련하면 될 일이고.

그렇게 생각의 껍질을 몇 겹 벗겨 내자 마음이 가벼워지고 행동이 과감해졌다. 한가한 주말에 매트를 여러 장 준비해서 바닥에 두툼하게 깔았다. 바닥에 구를 작정으로 머리 서기를 시작했다.

'중심을 잃으면 구르면 되지. 두툼한 매트가 폭신하게 나를 받아 줄 거야.'

이렇게 생각하자 걱정과 두려움과 주저하는 마음이 가라앉았다. 그러자 넘어지지 않으려고 발악하지도 않게 되었다. 넘어지지 않으려고 애쓰면 몸이 긴장하면서 둔해져서 또 넘어졌을 텐데 버티려고 저항하지 않으니 오히려 여유가 생기고 차근차근 중심을 잡아 가게 되었다. 죽기를 각오하면 살게 되고, 구르려고 하면 서게 되는 신비라니. 마음이 이렇게 몸을 지배하는구나! 헛웃음이 났다. 그제야 왜 힘으로 서는 게 아니라고 하는지 알 수 있었다. 『요가 디피카』에 쓰여 있듯, 방 한가운데서 머리 서기를 시도하다 넘어지면 그냥 한 번 구르고 씩 웃고 말면 될 일이었다.

욕심 내지 않으면
생기지 않을 걱정

브라질리언 주짓수나 복싱 같은 격투기를 수련할 때는 항상 몸을 앞으로 웅크리고 움직였다. 몸 앞부분에 있는 급소를 가려야 싸움에 유리하기 때문이다. 그리고 체력 단련을 위해 수행하던 케틀벨 운동이나 바벨 운동은 척추를 곧게 펴고 단단하게 서는 연습을 많이 요구했다. 무게를 든 상태에서 허리를 과도하게 젖히면 부상 위험이 있기 때문이다.

그래서 아사나 수련을 시작할 때 부장가아사나(코브라 자세)처럼 바닥에 엎드려서 가슴을 들어 올리는 동작이나, 우스트라아사나(낙타 자세)처럼 무릎을 꿇고 서서 척추를 뒤로 젖혀 손으로 바닥을 짚거나 몸을 지지하는 동작을 할 때면 여러모로 불편했다. 어떤 날에는 허리가 눌려 뻐근했고, 또 다른 날에는 다리가 너무 당기고 뻣뻣해서 괴로웠다. 그런가 하면 동작이 좀 잘 나온다 싶어 기대에 부풀어 있다가 숨을 쉬기 괴로워서 오래 머무를 수 없었던 적도 있다. 애니메이션 〈원피스〉에서 고무고무 열매를 먹고 몸이 고무처럼 쭉쭉 늘어나고 휘어지는 초능력을 얻은 루피처럼 척추가 부드럽게 뒤로 넘어가길 바라며 연습을 반복했지만 불편함은 사라지지 않았다. 동작에 더 깊이 들어가고 싶어서 안간힘을 쓰거나 좀 더 오래 버텨 보고 싶어서 욕심을 내고 나면, 오히려 허리가 심하게 뭉치기도 하고 앞으로 숙이는 게 괴로울 정도로 아프기도 했다.

하지만 후굴 연습을 하면서 허리가 아프거나 불편하다는 말은 어디 가서 입 밖에 꺼내지도 못했다. 명색이 퍼스널 트레이너고 근력 운동도 꾸준히 하며 바른 움직임을 익히고 단련한다는 사람이 요가 수련하며 허리를 아프게 했다고는 도저히 말할 수 없었다. 기능해부학 수업을 하며 척추의 형태를 논하고 어떻게 움직이는 게 좋다고 힘주어 말하던 강사라는 사람이 제 허리가 불편해지도록 수련한다고 어떻게 말하겠는가. 하지만 치과 의사라고 충치 안 생기는 게 아니고, 내과 의사라고 위장병 없는 게 아니며, 중이 제 머리를 못 깎듯, 자기 몸은 본인이 제일 잘 알면서도 제대로 못 쓸 수 있나.

요가 지도자 과정에 강사로 참여하게 되면서 이런 모순된 상황은 나를 더 곤란하게 했다. 특히 강사 활동 초기에는 능력이 좋은 강사임을 증명하고자 하는 집착이 있었다. 그래서 지도자 과정에 참가한 선생님들과 함께 수련할 때면 몸이 좀 피곤하고 머뭇거려지더라도 안간힘을 써서 괜찮은 척 더 오래 버티고 더 어려운 자세에 도전했다. 보통의 요가 선생님들보다 두꺼운 몸으로도 깊은 후굴에 도전할 수 있다는 걸 보여 줘야 한다고 생각해서, 힘들고 무리가 되어도 굳이 다음 단계의 동작을 강행했다.

이런 딜레마에 빠질 때마다 집념과 의지로 견디고 일정을 무사히 마치길 반복하다 보니 점점 합리적인 판단을 하지 못하게 되었다. 나의 강의는 현명한 수련을 위해 한 걸음 더 나아갈 때와 잠시 멈추거나 물러설 때를 강조했지만 정작 나는 계속 어렵고 힘들게 수련할 궁리만 했다.

언제부터였을까? 지도자 과정에서 함께 수련하거나 동작 시범을 보이는 게 두렵기 시작했다. 바쁜 일상을 보내다 보면 몸이 피곤해서 수련이 엉망이 되기도 하고, 잠을 충분히 자지 못해 몸이 무거운 날도 많은데, 이런 상태에서 곧장 합숙 일정을 소화하려니 부담감이 컸다. 이번에는 그냥 수업만 하다 올까? 나한테 아사나 시범을 보여 달라고 하면 어쩌지? 입으로만 수업하고 몸 사리다 오고 싶은 마음이 간절했던 적도 있었다.

어느 요가 수업에 참여했을 때였다. 요가에 처음 관심이 생겨 몇 번 워크숍에 찾아가 엉뚱한 질문을 던져도 늘 현명한 답을 주시던 S 선생님의 수업이었다. 선생님은 핸드스탠드를 하면서도 얼굴 하나 벌겋게 달아오르지 않고 편안하게 후굴 동작을 소화하면서도, 고난도 아사나를 강조하기보다 어떻게 움직이며 수련해야 하는지 맥락을 잘 설명해 주는 분이었다.

지하철을 두 번 갈아타고 뜨거운 여름의 햇살 아래 땀을 삐질삐질 흘리며 걸어간 그날엔 척추를 비트는 동작을 주제로 한 워크숍이 예정되어 있었다. 두꺼운 다리와 단단하게 힘이 선 등 근육 탓에 비틀기 동작이 늘 어려웠던 나는 이 워크숍에 기대하는 바가 많았다. 수업을 듣고 나면 움직임이 한 단계 업그레이드될 것만 같은 막연한 기대감이랄까.

당시 나는 마리챠아사나(현인 마리치 자세)를 집중적으로 수련하고 있었다. 마리챠아사나 가운데서도 한쪽 다리는 발바닥으로 바닥을 짚고 세우고 다른 쪽 다리는 세운 다리에 가부좌로 걸친 상태에서 세운 다리와 등을 팔로 휘감아 등 뒤에서 두 손을 맞잡는 매우 깊은 비틀기 자세에 몰두해 있었다. 그 동작이 잘 되지 않아 답답하면서도 한편으로는 굳이 이 동작을 해야 하는 것인지를 의심하던 차였다. 그래서인지 S 선생님의 수업에서 실마리를 얻을 수 있을 것 같다는 기대감으로 마음이 들떠 있었다.

예상대로 선생님은 단계별로 차근차근 몸을 움직이고 비틀기 동작을 수행하는 원리를 설명해 주셨다. 그런데 뜻밖의 순간에 전혀 예상하지 못한 방식으로, 기대 목록에는 없던 지혜를 만나게 되었다. 그날 수업의 절정이라

151

할 수 있는 가장 깊은 비틀기 동작을 할 때였다. 선생님이 말씀했다.

"제가 오늘은 몸이 많이 뻣뻣하고 아직 준비가 되지 않아 이 동작은 시범이 어렵겠네요. 대신 저보다 더 유연한 F 씨가 시범을 보이겠습니다."

이럴 수가! 예상 밖의 전개에 깜짝 놀랐다(주위를 둘러보니 나 혼자만 그런 것 같았다). 그렇게 오래 수련했고 보름달처럼 편안한 기운을 나눠 주던 선생님도 아사나 수련에서 어려움을 겪다니! 더군다나 선생님은 본인이 지금 시범을 보이기 어려우며 더 나은 사람이 있다고 말씀하는 데 아무 거리낌이 없어 보였다. 욕심과 집착으로 점철된 요가 강사 마인드로는 꿈에서도 가능하지 않은 일이었다. 그래서일까. 선생님이 자기 자신을 있는 그대로 수용하는 모습이 너무나도 강렬하게 뇌리에 박혔다.

수업이 끝난 뒤 부지런히 일터로 이동하면서도 선생님의 모습이 계속 떠올랐다. 어떻게 그토록 여유로울 수 있을까? 나도 연륜이 쌓이면 저렇게 될까? 하지만 나이가 많아도 조급해하거나 불안해 보이는 사람은 너무나 많다. 퍼스널 트레이너로서 만난 회원들이 보여 준 스트레스와 집중력이 상실된 모습이 나를 요가 지도자의 길로 이끌었던 걸 떠올려 보면, 나이나 경력이 여유를 만들어 주는 건 분명 아니었다.

생각의 꼬리를 계속 붙잡고 있었지만 당시에는 아무것

도 명료하게 정리되지 않았다. 하지만 좌충우돌하는 계속된 수련 속에서 내 삶과 몸에 크고 작은 변화가 생기는 가운데 무언가가 차근차근 자리를 잡아 가고 있었다. 그리고 그것이 나에게 작은 여유를 주기 시작했다. 요가는 주짓수가 아니다. 복싱과도 다르다. 이건 경쟁이 아니다. 또 어제의 나를 넘어서고 더 나아진 모습으로 변화해야만 의미 있는 수련이고 성장인 것도 아니다. 한 걸음 나아갔다가 두세 걸음 물러서도, 그 과정에 충실하게 임했다면 그것은 의미 있는 요가 수련이다. 어제의 나는 넘어서야 할 경쟁 상대가 아니라 인정하고 수용해야 할 내 모습이다. 이런 생각이 여행객처럼 내 마음의 문을 두드렸다.

오늘의 요가 수련이란 그동안 쌓여 형성된 자기 몸의 역사로부터 시작하는 것이다. 따라서 어떤 자세는 남보다 더 수행하기 어려울 수 있고, 다른 자세는 남보다 훨씬 쉽게 수행할 수도 있다. 나의 몸도 그날그날 달라서 어제는 되던 자세가 오늘은 안 될 수도 있다. 후굴을 하다가 허리가 평소보다 뻣뻣하거나 눌리는 느낌이 크면 어제보다 안되는 이유를 고민하며 스트레스를 받기보다, 그저 '오늘의 허리는 이렇구나!'라고 알고 허리를 좀 더 편하게 움직이는 쪽으로 조심스럽게 접근하면 된다. 그렇게 해서 안전하고 현명하게 수련을 이어 갔다면 자신의 지혜를 기뻐할 일이다.

또한 우리는 각자의 자리에서 각자의 요가를 할 뿐 더 우월한 요가 수련이 있고 더 열등한 요가 수련이 있는 게 아니다. 요가에는 하나의 정답이 없다. 대표적인 동작인 트리코나아사나(삼각 자세)만 해도 가르치는 선생님, 요가 장르, 수행하는 사람에 따라 자세가 다 다르다. 그 자세를 수행하는 목적과 취지에 따라 다양한 자세가 가능한 것이다. 수련하는 사람의 몸을 해치지 않는다면 어떠한 것도 잘못되었다 말할 수 없다.

따라서, 적어도 요가란 이름으로 아사나 수련을 할 때는 경쟁과 욕심이 아니라 수용과 인정이 필요하다. 내가 어떤 아사나를 수월하게 한다고 해서 더 월등한 강사가 되는 것도 아니고, 잘하지 못하는 아사나가 있다는 이유로 열등한 강사가 되는 것도 아니다. 수업에 들어온 분들이 몸과 마음에 도움이 되는 순간을 잠시라도 만날 수 있도록 안내했다면 강사로서 내 몫을 다한 것이다.

나도 이런 지혜를 머리로는 알고 있었다. 하지만 가슴으로는 받아들이지 못했고, 그 결과 스스로를 수용하지 못하고 두려움과 걱정 속에서 계속 나를 몰아붙이고 있었다. 그런 내게 그날 S 선생님은 커다란 전환점이 되어 주셨다.

이젠 어떤 종류의 수업을 하든 걱정하지 않는다. 내가 시범을 보일 자신이 없어도 괜찮다. 나보다 더 좋은 움직임을 보여 줄 수 있는 참가자가 언제나 한 명은 있기 마련이니까. 내가 답하지 못하는 질문이 들어왔다면 더 준비해서 수업 이후에라도 도움이 되는 답을 준비해 보겠다고 하면 된다. 욕심 내지 않으니 걱정이 덜하다. 내가 좋아하는 멋진 스포츠 스타들이 아무렇지 않은 얼굴로 하던 말이 이제는 조금 이해된다.

"최선을 다할 뿐입니다. 결과는 받아들일 겁니다."

수영, 주짓수,
요가의 공통점

건강해지라고 어머니가 등 떠밀어 처음 나간 어린이 수영 교실에서, 선생님은 물에 들어가 봐야 적응한다며 나를 풀장에 던져 버렸다. 역대 최악의 선생님의 이 어처구니없는 행동 때문에 그날부터 나에게는 물 공포증이 생겼다. 이게 잘 이해되지 않는다면 요가 수업 첫 시간에 선생님이 일단 하다 보면 좋아진다며 다짜고짜 머리서기나 드롭백 컴업 동작을 시켰다고 상상해 보라. 요가 공포증이 생기지 않겠는가.

나의 첫 수영 교실이 만들어 낸 물 공포증은 성인이 되어서도 크게 나아지지 않았다. 그래도 물놀이는 싫지 않아서 늘 수영을 잘하면 좋겠다고 생각했다. 바다에 놀러 가서 파도를 가로지르며 헤엄치는 모습을 상상하면 즐거운 흥분으로 가슴이 두근거렸다. 그래서 수영을 독학해 보기로 했다. 일단 서점에 가서 그럴싸한 교본을 구입했다. 책에서는 수영 동작을 하나하나 나누어서 자세히 설명하고 있었다. 교본에 적힌 대로 차근차근 연습해 나갔다. 물 위에서 미끄러지듯 나아갈 수 있도록 몸을 유선형으로 길게 뻗었고, 힘차게 발차기를 했으며, 음~ 파 음~ 파 숨을 쉬고, 팔로는 물을 잡아끄는 연습을 했다. 하지만 나는 수영을 마스터할 수 없었다.

수영에 눈을 뜬 계기는 수영하지 않아도 되는 순간에 왔다. 프리다이빙을 처음 배울 때였다. 다이빙 슈트를 입으면 물에 몸이 알아서 떴다. 처음엔 이 사실을 몰라서 가라앉지 않으려고 버둥거렸는데 강사분이 다이빙 슈트 입으면 알아서 뜨니 긴장하지 말라고, 힘을 빼라고 알려 주셨다. 그래도 내가 긴장하리라는 걸 아셨는지 물에 둥둥 뜨는 스펀지 봉도 함께 건네셨다. 그렇게 물에 뜬 채로 20분 정도 설명을 들었다. 그리고 알게 되었다. 사람은 물에 뜨는구나! 물은 나를 계속 띄우고 있는데 내가 발버둥 치며 물을 가르고 있었구나! 힘을 빼면 쉬워진다는 원리를 이렇게 몸으로 느낀 뒤 비로소 수영을 시작할 수 있었다.

요가 매트 위에 올라서면 처음 수영장에 몸을 담갔던 때처럼 힘이 들어간다. 새로운 자세를 경험할 때면 언제나 수영하려고 발버둥 치듯 힘을 쓰게 된다.

맨 처음 산 요가 아사나 분석서에는 자세에 따라 부위별 근육 수축 유형이 정리되어 있었다. 난 책 내용대로 움직이려 애썼다. 그러다 보면 책 속의 아사나를 그대로 구현

할 수 있을 거라 기대했었다. 실제로 어느 정도 움직임을 따라 할 수도 있었다. 그래서 내 요가는 잘되고 있으니 이 대로만 하면 된다고 생각했었다. 하지만 속으론 두려운 마음도 있었다. 불완전하고 불안하다는 느낌이 늘 남았기 때문이다. 그대로 계속할 수 있을 것 같지도 않았다. 마치 있는 힘껏 발버둥 치다 보면 수영장 레인 한쪽 끝에서 반대편 끝으로 한 번은 갈 수 있지만 그것으로 끝나는 것처럼.

수영에서 레인을 여러 차례 왕복하려면 있는 힘껏 발버둥 치지 않는 법을 익혀야 한다. 요가도 마찬가지다. 새로운 자세를 시도하여 당장 모양을 만들 수는 있다. 그러나 내일도 모레도 반복하고, 두려움이나 괴로움 없이 그 자세에 편안히 머무르려면 힘을 현명하게 쓸 줄 알아야 한다. 이건 교본에서 설명하듯 기능해부학적으로 분석될 수 있는 것이 아니었다.

한 분야에 정통한 대가들은 다른 걸 설명하더라도 그 맥락과 정수가 일맥상통하는 경우가 많다. 세계 챔피언 주짓수 마스터가 내게 해 준 조언도 그렇다. 그의 말은 내 요가 여정에서 기억에 남은 순간들의 선생님들 말씀과 많이 닮아 있다.

미국에서 교환학생으로 머물 때 일이다. 때마침, 다니던 학교 근처에 유명한 선수이자 지도자가 운영하는 주짓수 체육관이 있었다. 닉네임도 어마어마한 '메가톤' 사부의 체육관이었다. 상대를 메치는 기술이 일품인 분이었는데, 길 가다 마주치면 그냥 깡마른 라틴계 사람이라고 생각할 만한 몸집을 하고 있었다. 운 좋게도 나는 메가톤 사부와 대련해 볼 기회가 자주 있었다. 타국에서 온 초보 수련자에겐 정말 드문 기회여서 매번 전력으로 달려들었는데, 30초도 안 되어 바닥에 메다 꽂히기만 했다. 몇 번을 도전해도 힘 한 번 제대로 못 쓰고 똑같은 결과가 반복되었다. 신기하기도 하고 답답하기도 했는데, 어느 날 우연히 기회가 되어서 사부에게 물어보았다.

"메가톤, 내가 더 강해지려면 어떻게 해야 하나요? 기술이 필요한가요, 힘이 필요한가요?"

"리, 너에겐 충분한 힘이 있어. 다만 그 힘을 적절한 타이밍에 필요한 만큼만 쓰는 영리함을 익혀야 해."

적절한 타이밍, 그리고 필요한 만큼. 말로는 쉬운데 몸으로 당장 구현할 수는 없었다. 그야말로 오직 경험을 통해서 내용을 채워 나가야 하는 말 아닌가. 이제는 더 이상 주짓수 수련을 하지 않지만 메가톤 사부의 이 말은 요즘도 자주 떠오른다. 조금 도전적인 아사나를 할 때면 이상하게도 목과 어깨 근육에 힘이 많이 들어가면서 필요 이상으로 긴장할 때가 있기 때문이다.

수업에서 만나는 요가 수련자들의 고민도 이 '힘'과 관련한 것이 많다. 수업에 온 분들은 아사나를 할 때 어디에 힘을 줘서 움직여야 하는지, 어느 부위의 힘이 부족해서 아사나가 잘 안 되는지에 대해 자주 질문한다. 물론 정말 힘이 약해서 아사나를 수행하지 못하는 경우도 많다. 하지만 그에 못지않게 힘을 잘 덜어 내지 못해서 아사나가 잘 안 되는 경우도 자주 있다. 그런 예를 찾아 어디 멀리 갈 것도 없다. 내가 그런 사람이었으니까. 오죽하면 선생님이 내게 겉의 근육이 빠지면 아사나가 다 가능할 것 같다고 조언해 주셨겠는가.

그때의 나는 선생님의 그런 조언을 그저 몸이 다른 수련자들에 비해 두껍고 단단하니까 하시는 말씀쯤으로만 받아들였다. 단순하게 근육을 줄이라는 뜻으로 이해한 것이다. 하지만 시간이 지날수록 근육은 줄여야 하는 게 아니라 현명하게 조절해서 써야 한다는 쪽으로 생각이 이어졌다. 몇 해 동안 우르드바다누라아사나(아치 자세)를 수행하면서 이 자세에 더 편안하고 깊게 들어가려면 영리하게 힘을 써야 한다는 걸 배워 가고 있다.

우르드바다누라아사나를 처음 시도했을 때는 온몸에 힘이 잔뜩 들어갔다. 몸통을 뒤로 젖혀 팔과 다리로만 바닥을 지지하면서 몸 전체를 아치 모양으로 유지하는 자세이므로 어쩌면 당연했는지도 모른다. 문제는 몸 앞쪽이 길게 늘어나야 자세가 가능한데 온몸에 힘이 단단히 들어가 있으니 몸 어느 부위도 늘어날 생각을 하지 않는다는 점. 허벅지 앞쪽에 힘이 꽉 차 있으니 허벅지 뒤쪽도 덩달아 팽팽하게 긴장하고, 가슴과 목이 긴장하니 어깨와 등까지 뻣뻣해지기 일쑤였다. 이제는 길게 늘어나 주어야 하는 부분을 편안하게 놓아주는 연습을 하고 있다. 그러면 몸을 힘 있게 받쳐 주어야 하는 부분도 적은 힘으로 효율적으로 제 역할을 수행한다.

이렇게 연습하다 보니 여러 선생님의 다양한 가르침에도 자연스럽게 마음이 열린다. 우르드바다누라아사나를 계속 예로 들면, 어떤 선생님은 팔을 더 잘 밀라고 안내하고, 또 어떤 분은 엉덩이에 힘을 주어 자세를 취하라고 가르친다. 그런가 하면 엉덩이를 조이지 말고 말랑하게 유지하라고 정반대로 말씀하는 분도 있다. 예전에는 이렇게 서로 다른 가르침 앞에서 갈팡질팡했지만, 지금의 나는 이 모두가 효과적인 방법이고 유의미한 팁이라고 생각한다.

한마디로 나는 애씀과 내려놓음 사이의 균형을 익혀 가고 있는 중이다. 프리다이빙을 처음 배울 때 물에 둥둥 떠 있으면서 알게 된 것, 그리고 메가톤 사부의 말씀에 담긴 뜻을 요가에서도 나의 결대로 실현해 가고 있는 셈이다.

밀어내기와 당기기,
반다

요가에는 신비로운 개념이 많다. 과학 원리나 일상 언어로 설명되지 않는 개념들인데, 아사나 수련을 하다 보면 마주할 수밖에 없는 '반다'도 그중 하나다. 반다란 '에너지의 잠금'이라고 알려져 있는데, 골반 아래의 물라반다, 복부와 가슴 쪽에서 에너지를 조절하는 우디아나반다, 그리고 목에 위치한 잘란다라반다가 가장 대표적인 반다다.

반다는 뼈나 근육 같은 조직은 아니다. 따라서 선명한 식스팩 복근을 가지고 있다고 해서 후굴이나 점프 동작을 할 때 사용하라고 하는 우디아나반다가 강력하게 작동하는 것도 당연히 아니다. 만약 그랬다면, 나는 요가를 처음 시작할 때부터 우디아나반다를 이용해 가볍고 우아하게 움직였을 것이다.

반다가 보통의 상식으로는 너무나 낯선 신비한 개념이

다 보니, 대다수 수련자들이 처음 접하는 반다에 대한 설명은 항문 괄약근을 조인다거나 배꼽을 안으로 당긴다는 등의 직관적인 표현들인 경우가 많다. 요가 수련을 처음 시작한 사람들은 이런 설명을 들으며 관심을 두지 않던 신체 부위에 주목하는 것만으로도 도움을 얻을 수 있다. 하지만 수련이 좀 더 깊어지려면 반다에 대한 이해와 적용도 풍부해질 필요가 있다.

예를 들어 항문 괄약근을 조인다거나 배꼽을 안으로 당기는 감각을 느끼려고 너무 강하게 힘을 쓰다 보면 호흡이 짧아지기 쉽다. 특히 나는 배를 빵빵하게 부풀려 버티며 무게를 드는 운동에 익숙했기에, 배를 안으로 당긴다는 느낌이 정말 어색하고 불편했다. 숨을 쉬면 배를 당기는 힘이 풀리고, 배를 당기며 버티면 숨을 쉴 수 없는 곤란한 상황에 매번 직면했다. 보통 숨을 마신다는 건 배가 볼록해지고 가슴이 크게 확장되는 움직임이다. 반면 배를 당기는 건 보통 숨을 뱉을 때 만들어지는 움직임이다. 그런데 배를 당긴 채 숨을 쉬려 하니 이게 어디 처음부터 잘 되겠는가.

솔직히 고백하자면, 처음에 나는 그 말을 도저히 받아들일 수 없었다. 내 상식과 정반대였기 때문이다. 하지만 가볍고 유려하게 움직이는 선생님들의 아사나를 봐도, 외국의 유명한 요가 수련자들의 영상을 살펴봐도 다들 배를 쏙옥 당긴 채 숨을 깊게 잘 쉬고 있었다. 나는 이번에도 세상의 일부분만 알고 있었구나! 그렇게 다시 한번 깨달았다.

숙련한 요가 수련자들은 하나같이 말했다. 반다는 하루아침에 만들어지는 게 아니라고. 지금 할 수 있는 지점에서 연습하라고. 그 말씀들을 믿고, 숨을 쉬지만 배는 당긴 상태를 내가 할 수 있는 만큼만 유지하면서 아사나를 이어 가기로 했다. 들숨이 배를 밀어내려 할 때 복부와 허리 둘레가 안으로 당겨지는 힘을 주다가 숨도 잘 쉴 수 있고 배도 당겨진 상태에 머무를 수 있는 순간을 맞았다. 그 찰나의 순간, 갈비뼈 사이가 자연스럽게 더 넓어지고 당겨진 배의 반대쪽에서 허리의 긴장이 덜어지는 느낌이 왔다. 그리고 이어지는 날숨에서는 자연스레 배가 더 탄탄해졌다.

물론 아사나가 조금만 어려워져도, 내가 잠깐만 더 긴장하거나 무리해도 이 균형의 희열은 옅어지거나 곧 사라졌다. 하지만 포기하지 않고 밖으로 미는 힘과 안으로 당기는 힘 사이의 균형을 찾아내는 데 집중하기를 오래 반복했다. 그러면서 아주 조금씩 이해하게 되었다. 그저 세게 힘을 쓴다고 되는 게 아니구나. 균형점을 찾아 가야 하는구나. 그리고 그 균형을 지킨 상태에서 내가 소화할 수 있는 움직임을 점차 넓혀 가야 하는구나. 균형을 지키려 집중하다 보면 결국 호흡과 내면으로 의식이 오게 되는구나!

반다를 균형이라고 이해하기 전까지 어쩌면 내 수련은 육체를 혹사하는 과정이었는지도 모른다. 전굴을 하기 위해서 몸 앞쪽의 근육을 쥐어짜서라도 더 깊이 숙이고 다리를 머리 뒤로 넘기려 안간힘을 썼다. 어떻게든 뒤쪽이 더 늘어나면 된다고만 생각했다. 이렇게 해서 처음 다리를 머리 뒤로 넘겼을 때 난 기이한 소리를 내며 숨을 짜내고 있었고 복근에서는 쥐가 났다. 반대로 깊은 후굴을 위해서는 복부 근육이나 가슴이 넓게 확장되는 느낌보다는 등과 허리를 조이고 엉덩이를 탄탄하게 만들어 버티는 식으로 접근했다. 그렇게 해서 처음으로 발끝이 뒤통수에 닿게 후굴을 한 다음 날 아침, 나는 아주 강렬한 등허리 근육통과 마주해야 했다.

균형이 없는 수련을 반복하면서 내 허리는 앞뒤로 너무 많이 움직이고 짓눌린 나머지 크게 다칠 수밖에 없었다. 그리고 지금은 그 카르마를 하나씩 태워 가며 몸을 다시 알아 가고 배워 가는 과정에 있는 듯하다.

반다에 대한 나의 이해는 분명 반다의 아주 작은 부분일 것이다. 따라서 나의 수련은 여전히 완전하지 않으며, 오늘 몸에 남긴 카르마를 훗날 마주하게 될 것이다. 다만 지금은, 적어도 몸을 혹사한다는 느낌은 들지 않는다.

○
주름살이 멋있는
요가 할아버지가 되고 싶어

～～～～～～～～～～～～～～～～～～～～～～～～

　　　　　요가 지도자 과정을 이수한 뒤 운 좋게 요가 원에서 수업할 기회가 생겼다. 퍼스널 트레이너란 이력과 남자 강사란 특이한 조건이 매력적으로 보였는지 흔쾌히 자리를 마련해 준 것이다.

　수업 첫 시간이 되어 매트 위에 서서 수강생을 바라봤다. 당황스러웠다. 1 대 1 트레이닝 수업에서는 좀처럼 만나기 어려운 분들이 곳곳에서 눈에 띄었다. 내가 준비해 간 수업은 요가 지도자 과정에서 다른 예비 지도자들과 함께 수련하던 역동적인 내용이었는데, 수강생 가운데는 연세가 지긋해 보이는 분이 많아서 머릿속이 하얘질 지경이었다. 이걸 어떡해야 하나? 긴장하고 당황한 기색을 숨기고 임기응변으로 버텨 보자는 마음으로 일단 수업을 시작했다.

　그런데 이게 웬일인가? 흰머리가 군데군데 자리 잡은

나이 지긋한 어느 수강생은 나보다 훨씬 유연하게 움직였다. 우리 어머니처럼 푸근한 인상의 한 수련자는 구슬땀을 흘리면서도 표정 변화 없이 고요하게 전사 자세로 견고하게 서 있었다. 역동적이고 격렬한 아사나 수련은 젊은이의 전유물이 아니었던 것이다. 자신만만하게 들어갔다가 자동으로 겸손해진 그 시간. 지도하러 들어갔다가 오히려 배우고 나왔다. 어쩌면, 아니 분명히, 요가란 이런 것이다, 라는 편협한 생각을 품고 있던 나의 에고에서 껍질이 한 겹 벗겨진 느낌이었다.

요가 강사로서 본격적으로 활동해 나가면서도 비슷한 경험이 반복되었다. 수업에서 인상 깊은 수련자를 많이 만날 수 있었는데, 그들이 펼쳐 보인 요가의 세계는 나를 신선하게 깨워 주었다. 처음으로 제일 깊은 인상을 받은 건 아침나절에 아쉬탕가 빈야사 요가 수업을 하던 때였다.

아쉬탕가 빈야사 요가는 정해진 시퀀스를 반복하며 그 속에서 움직이는 명상을 추구해 나간다. 굉장히 역동적이며, 몇몇 아사나는 상당히 도전적이고 난이도가 높다. 그래서 숙련자 수업에서뿐 아니라 일반 수업에서도 아쉬탕가 빈야사 요가는 강도 높게 진행되고는 한다.

R 수련자는 이런 수업을 월, 수, 금 오전에 거의 하루도 빠지지 않고 참석했다. R은 넓은 마음과 편안함이 내려앉은 눈가 주름에서 어떠한 삶을 살아오셨는지 짐작되는 그

런 분이었다. 그분에게 깊은 후굴 동작이나 팔을 다리 위로 휘감아 등 뒤에서 맞잡는 동작들은 버거운 자세였다. 하지만 R은 굳이 내가 방법을 안내하지 않아도 수건이나 블록을 이용해서 자신의 수련을 흔들림 없이 이어 갔다. 평소보다 더 유연하게 움직일 때도 있고 잘 안 되는 날도 있었지만 한결같은 표정으로 차분하게 수업 시작부터 끝까지 호흡을 이어 가는 모습이 인상적이었다.

어느 날 수업이 끝나고 요가원을 나서며 R이 나지막이 웃으며 말씀했다.

"선생님은 우리 같은 사람이 아등바등하는 게 우습지는 않은가요?"

"네? 그럴 리가요. 가장 꾸준히, 한결같이 수련하시는 모습이 제일 멋있어요."

"고맙습니다. 매일 이렇게 하는 게 참 좋아요. 내가 이래 봬도 요가로 몸 많이 고쳤어요."

사실 뭐라고 대답해야 할지 몰라서 허둥지둥 튀어나오는 대로 대답한 건데, 어쩌면 정말 그게 내 속마음이 아니었나 싶다. 같은 아쉬탕가 빈야사 요가를 수련하면서도 나는 왜 이 아사나가 안 될까, 난 왜 지금 이 순간이 힘들까 고민하며 번뇌와 스트레스에 갇혀 있던 나와 달리, R은 자신의 아사나가 어떤 모양이든 삶과 함께하는 수련을 이어 나가는 듯 보였다. 그래서인지 수업을 거듭할수록 나아지는 자신의 모습에 만족해했다. 공개적으로 말하지는 못했지만, 나는 그 모습을 멋있다고 여기며 부러워했다. 내 눈가에도 삶의 흔적이 내려앉았을 때, 나의 주름 사이에도 그분처럼 넓은 마음과 평온이 자리해 있을까? 혹시라도 이렇게 또는 저렇게 해야 한다는 도그마에 갇혀 딱딱하게 굳어 버리면 어쩌지? R을 보며 깊이 생각해 보았다.

그렇게 나에게 '요가로운' 영향을 주는 분들과 호흡하는 행복한 수업을 이어 가던 중에 정말 드문 남자 수련자 K가 등장했다. 길쭉한 팔다리에 하얀 티셔츠와 검정 긴바지를 입은 중년의 신사였다. K는 본인의 첫 요가 수련이라며, 처음 시작하는 만큼 1 대 1 지도를 먼저 받고 그다음에 일반 그룹 수업에 참여하고 싶다고 했다. 내심 다행이라고 생각했다. 그게 더 안전한 시작이라 생각하기 때문이다.

짧지 않은 기간 동안 요가원의 다른 선생님에게 1 대 1 수업으로 아사나 수련에 필요한 기초를 경험한 후 내 수업에 들어온 K는, 여태껏 만나 본 남자 수련자 가운데 가장 나이가 많다. 이분도 거의 빠지지 않고 수업에 출석했다. 이제 막 시작하는 남자 수련자들이 흔히 그렇듯 뻣뻣한 어깨 때문에 그와 나는 수업이 끝난 뒤에 자주 내화를 나눴다. 혼자서 손쉽게 할 수 있는 교정 운동 동작도 소개해 드리고, 다리로 뻗어 나가는 신경학적 통증을 관리하는 법에 대해서도 자세히 상의했다(이후에 내가 허리 디스크로 왼다리에 극심한 통증을 겪으며 병원에 실려 간 게 아이러니지만). K는 내 수업에서 가장 열정적이고 꾸준한 수련자임이 틀림없었다.

사정이 생겨 요가원에서 정규 수업을 더 이상 진행하지 못하게 되었다. K와의 인연이 그렇게 끝나는 것 같아 아쉬운 마음이 들었다. 그런데 1년에 한 번씩 진행되는 요가 지도자 과정의 해부학 강의를 위해 다시 요가원을 찾았을 때, 그가 앉아 있었다. 요가 지도자 과정에 신청한 최연장 자이자 청일점 학생이었다.

오랜만에 만난 K를 보고, 나는 그가 그간의 시간을 어떻게 보냈는지 단박에 알 수 있었다. 한결 더 여유로워진 표정, 아사나와 함께하는 더 길어진 호흡, 그리고 도전할 때와 잠시 물러서서 기다릴 때를 아는 연륜까지. K의 과거를 몰랐다면 요가 지도자 과정에서 그를 어떻게 받아들여야 할지 고민했을지도 모르지만, 나는 그야말로 그 누구보다 더 잘 준비된 예비 지도자라고 생각했다. 요가 여정에서 흔들림 없이 현명한 수련을 이어 오지 않고서는 그렇게 달라질 수 없음을 알기 때문이다.

예상은 빗나가지 않았다. 6개월이 넘는 긴 시간 동안 매주 주말에 진행된 요가 지도자 과정에서 K는 단연 돋보이는 학생이었다. 아사나를 할 때 무엇이 어렵고 힘든지를 본인의 몸을 통해 잘 이해하고 있었기에 K는 더 공감하고 고민하는 모습을 보였다. 그뿐 아니라 아사나를 수련하는 과정 자체에 몰입하고 그 속에서 배우며 변화하는 참된 수련자의 모습도 보여 주었다. 지도자 과정이 끝날 무렵, 이 멋진 신사가 어려운 방식의 머리 서기를 한 줄기 곧게 뻗어 올린 대나무처럼 이뤄 냈을 때는 설명하기 힘든 감동도 느꼈다. 배움에 대한 열린 마음이 사람을 얼마나 살아 있게 하는지, 그리고 요가를 매트 안에서뿐 아니라 삶으로 온전히 받아들일 때 얼마나 달라지고 발전할 수 있는지 그를 보고 깨달을 수 있었다.

요가 지도자 과정을 마친 후에 K는 아주 특별한 수업을 열었다. '요가 입문자들을 위한 워크숍'. 겉으로만 보면 평범해 보이는 수업일 수 있지만, 그가 진행하는 입문 수업은 특별하리라는 것을 나는 알고 있었다. 또 요즘의 요가 커뮤니티에 정말 필요한 수업이라고도 생각했다. 그래서 두 손 두 발을 모두 들어 환영하고 응원했다. 주변에서 요가에 입문하고자 하는 사람이 있으면 그 수업의 링크를 최우선으로 보내 정보를 공유했다.

이미 몸이 유연하고 동작에 어려움이 없는 사람은 생전 처음 요가를 운동으로 시작하는 사람의 어려움과 괴로움을 이해하지 못하는 경우가 많다. 그리고 오랜 시간 요가 수련을 해 왔더라도 자기 삶의 바깥에 있는 것들은 잘 모를 수 있다. 예를 들어 평소 시간 여유가 늘 있어 온 사람이라면 빽빽한 일상에서 잠시 틈을 내어 수련하는 것이 생각만큼 녹록지 않다는 데까지 생각이 미치지 않을 수도 있는 것이다. 이런 점들을 고려하면, 경험의 폭이 넓은

K는 최고의 안내자로서 요가 입문자들과 함께할 수 있을 것이다.

R과 K의 요가를 보면서 앞으로 펼쳐질 나의 요가를 꿈꿔 보았다. 처음 요가 매트에 올랐을 때는 물구나무서기를 한 채로 다리를 등 뒤로 넘겨 발바닥이 정수리에 닿게 하고 싶었다. 지금도 그렇게 움직이면 좋겠다는 바람은 변함이 없지만, 이는 내가 가려고 하는 요가라는 여행의 아주 작은 부분일 뿐이다. 이제 내가 꿈꾸는 요가는 R과 K의 요가를 닮아 있다. 그걸 이루게 된다면 내가 그들과 비슷한 나이가 되었을 때, 지금 내 또래의 수련자들이 나를 보고 내가 R과 K를 보고 느끼는 것과 비슷하게 느끼지 않을까. '아, 요가가 이렇게 다양할 수도 있구나. 나도 이분을 닮고 싶다.' 하고 말이다.

한 그루의 사과나무에는 모양도 빛깔도 크기도 제각각인 열매가 열린다. 과일 가게에서 잘 팔리는 열매는 따로 정해져 있겠지만 크기가 작아도, 조금 찌그러졌어도, 색깔이 연해도 모두 사과다. 소셜 미디어와 피트니스 시장에서 쉽게 접하는 요가는 과일 가게에 진열된 사과들처럼 모두 비슷해 보인다. 하지만 요가는 사람마다 전혀 다른 모습과 양상으로 우리 곁에 뿌리를 내리고 열매를 맺는다. 누군가에겐 오랜 시간의 삶을 견뎌 온 육체를 다시 가꾸고 어루만지는 회복과 치유의 시간일 수도 있고, 다른 이에겐 자아와 삶이 확장되는 도전의 장일 수도 있다. 어릴 때 시작한 요가의 빛깔과 어느 정도 나이가 들어 시작한 요가의 빛깔은 서로 다를 수 있다. 그래서 요가는 누구에게나 열려 있는 게 아닐까.

○
**기쁨의
요가**

～～～～～～～

　　　　　　아쉬탕가 요가 수련을 하다 보면 아사나의 정렬이나 방법에 굉장히 몰두하게 된다. 정해진 시퀀스를 따라 수련하다 보니 이른바 정답도 찾게 된다. 그래서인지 아쉬탕가 요가 수련에 몰두하던 시절에 정말 조사를 많이 했던 것 같다. 아사나를 하는 방법과 기술과 관련한 자료를 찾고, 숙련한 수련자들의 이야기를 열심히 찾아 들었다. 유명한 아쉬탕가 요가 지도자들의 소셜 미디어에도 수시로 드나들었다.

　하지만 아무리 찾아봐도 답이 보이지 않아 마음이 갑갑했다. 그뿐 아니다. 아쉬탕가 요가를 비롯해 모든 요가 수련에는 치유 효과가 있다고 하는데, 나는 요가를 하기 '때문에' 어떤 날엔 허리가 뻐근하고 다른 날엔 몸이 녹초가 되기 일쑤였다. 엎친 데 덮친 격으로 내 아사나는 내가 본 다른 사람들의 아사나처럼 멋있지도 않았다.

그러던 중, 자주 찾아보는 유명 지도자의 소셜 미디어에서 놀라운 영상을 만났다. 한쪽 팔이 없는 여성이 아쉬탕가 프라이머리 시리즈를 수련하는 영상이었다. 그녀의 차투랑가단다아사나는 당연히 전혀 다른 모습이었다. 점프백, 점프 스루처럼 몸을 띄워 앞뒤로 움직이는 동작도 대부분의 아쉬탕가 수련자들과는 달랐다. 양손을 짚고 수행하는 동작이 많은 아쉬탕가 요가를 한 팔로 수련하면 아사나 모양이 제대로 나오지 않을 텐데 왜 이 수련을 하지? 이해하기 힘들었다. 그래서 그녀의 소셜 미디어 계정으로 가서 수련 영상과 기록을 살펴보았다. 분명 모양은 달랐다. 하지만 그녀는 자신의 호흡을 끊이지 않게 이어 가며 집중하는 연습을 했다. 영상으로만 보아도 아쉬탕가 요가의 움직이는 명상을 추구한다는 걸 바로 알 수 있었다.

　나는 왜 이 수련자의 영상과 기록까지 살펴본 걸까? 그녀가 한 팔로 수련을 해서? 그렇게 단순하지는 않았던 것 같다. 어쩌면 그때 내가 느끼던 갑갑함에서 벗어나는 길을 찾을 수 있을지도 모르겠다는 희망을 무의식중에 품게 되었던 건 아닐까 싶다. 그녀의 '다름'이 내게 돌파구가 될지도 모른다는.

　요가 강사로 막 자리 잡기 시작했을 때 나는 저렇게 수련하는 건 무엇이 잘못되었고 위험하니 이렇게 해야 한다는 식의 주장을 자주 했다. 하지만 요가의 세계에서는 한 팔 수련자의 사례처럼 너무나 다양한 요가가 내가 상상하지 못한 방식으로 삶과 수련에서 피어나고 있었다. 그 모습을 오랫동안 지켜봐 온 지금은 예전처럼 말할 수 없다고 느낀다. 그래서 무언가를 비판적으로 바라보고 논할 때는 세심하게 주의를 기울여 단서나 전제를 계속 달면서 그렇지 않을 수 있다는 가능성을 늘 열어 둔다.

아사나에 대한 해석이나 수련 장르의 차이만이 다름 속의 같음, 같음 속의 다름을 보여 주는 게 아니다. 요가 지도자 과정에 강사로 참가하면서 지금까지 꽤 많은 예비 지도자들의 수업을 참관해 왔다. 예비 지도자들은 지도자 과정 기간에 동일한 시퀀스를 함께 배운다. 시퀀스의 목적과 방향은 수련 테크닉과 아사나에 대한 해석을 결정한다. 따라서 동일한 시퀀스를 배운다는 것은 아사나에 대한 동일한 해석을 공유한다는 뜻이다. 그럼에도 불구하고 예비 지도자들의 수업은 제각각이었다. 같은 동작, 같은 시퀀스를 지도하는 수업임에도 분위기와 템포 등이 모두 달랐다. 빈야사 요가 시퀀스임에도 인요가처럼 차분하고 고요한 수업을 하는 선생님이 있는가 하면, 당장에라도 웅장한 음악에 맞춰 격정적인 에너지를 끌어내고 싶은 수련으로 이끄는 선생님도 있었고, 섬세하고 세밀한 큐잉을 바탕으로 아헹가 요가 수련처럼 신체 정렬을 꼼꼼하게 만들어 내는 선생님도 있었다.

누군가는 성장과 발전에 몰두해 앞만 보고 달려온 시간

을 잠시 멈추고 호흡을 가다듬고 정비해야겠다고 느낀 것이고, 또 누군가는 지금 이 순간 필요한 수련은 육체적으로 자신을 더 담금질하는 거라고 생각한 것이며, 또 다른 누군가는 지적 호기심이 꼬리를 물고 이어지며 수련의 체계가 차근차근 세워지는 과정에 있는 것이다. 모두 같은 걸 배웠지만 배움이 각자의 삶과 수련을 통과하는 사이 서로 다르게 이해되고 표현되었다고나 할까.

이렇게 같은 곳에서 만나 함께 호흡했지만 각자의 요가를 펼쳐내는 선생님들을 보면서 '요가는 마땅히 어떠해야 한다는 생각'이 내 요가를 얼마나 편협하게 만드는지 느낀다. 노자의 『도덕경』 첫머리에 '도가도비상도(道可道非常道)'란 구절이 나온다. '길이라 할 수 있는 것은 언제까지고 그 길로만 있지 않는다'는 뜻인데, 요가도 마찬가지인 것 같다.

우리는 똑같이 불완전하지 않다. 우리는 다양하게 불완전하며, 따라서 그것을 뛰어넘기 위해 시도하는 요가 역시 각자의 불완전함에 맞춰 다양하게 펼쳐지는 게 자연스럽다. 그러므로 요가에 단 하나의 정답이 있을 거라고 생각하지 않는 편이 정신 건강에 이로울 것이나.

정답을 찾는 데서 자유로워진 나의 요가가 어떤 모습으로 피어날지 기대되어 가슴이 두근거린다. 두근거리는 마음이 기쁨을 불러들여 요가가 재밌고 즐거워졌다.

모든 요가 여행자에게 그저 그러함이 함께하기를!

○

아무것도 바라지 않기,
카르마 요가

내가 강사로 참가하는 요가 지도자 과정에서는 합숙 기간 동안 청소 당번을 정한다. 합숙 장소에 따라 해야 하는 청소가 달라지긴 하지만 보통 다 같이 이용하는 강의실과 수련실을 새벽 수련 전에 치우는 일 정도를 한다.

이 과정에 학생 신분으로 처음 참가했을 때였다. 수련생들을 모아 놓고 과정을 안내하는 자리에서 청소 당번이 있다는 이야기를 들었다. 황당했다. '아니, 돈 내고 배우러 와서 청소를 한다고? 이 숙소는 따로 관리도 안 해 주는 건가? 교육비가 한두 푼도 아니고….'

하지만 청소 당번을 정하는 데는 이유가 있었다. 바로 카르마 요가였다.

'카르마'는 불교에 익숙한 사람들에겐 낯설지 않은 단어로, 우리말로는 흔히 '업(業)'이라고 부른다. 살아가면서 우리는 무언가를 바라고 기대하면서 행동하는 경우가 정말 많다. 그리고 때론 그 기대와 예상이 이기적이거나 비열하거나 악하거나 유치하기도 하다. 요가에서는 이런 행동들이 카르마를 쌓는다고 하며, 카르마가 남아 있으면 끊임없이 윤회하여 삶을 반복하며 번뇌하게 된다고 말한다.

그런데 윤회를 믿지 않는다면? 그렇더라도 카르마가 우리를 불편하게 한다는 걸 이해하는 데는 별문제 없다. 과거 행동의 결과를 지금 당장 또는 미래에 마주하게 될 테니까. 심지어 자신이 원하는 대로 경과가 진행되지 않는 경우는 한두 가지가 아닐 것이다. 어제 인터넷으로 주문한 상품이 내일 올 거라고 기대했다가 배송이 늦어지면 마음이 불편해지고, 오르기를 기대하고 산 주식의 향방이 불확실해지면 안절부절못하는 것처럼.

요가 수련에서는 어떨까? 열정 넘치는 수련자들 가운데 이런 질문을 던지는 분이 종종 있다.

"이렇게 매일 연습하면 언젠간 저도 ○○아사나 할 수 있겠죠?"

"저는 정말 열심히 했는데 왜 아사나에 변화가 없을까요?"

행위의 결과가 어떠할 것이라고 마음을 품는 순간 카르마가 쌓이는 건 요가에서도 마찬가지다. 그래서 요가에서 행위 자체에 집중하고 아무것도 바라지 않는 카르마 요가를 하라고 하는 것이다.

요가 지도자 과정에서 카르마 요가를 먼저 이론으로 배웠다. 카르마 요가를 설명하며 청소 당번을 정할 때 선생님은 이렇게 설명하셨다. "카르마 요가는 사람을 겸손하게 만듭니다." 예를 들어 요가 강사가 자기가 수업할 공간을 치우거나 퍼스널 트레이너가 자기가 사용할 운동 기구를 관리하는 것과 같은 일은, 그것이 아무리 작고 대단치 않게 보일지라도 사람을 겸손하게 만들고 삶을 소중하게 여기도록 한다는 것이다. 선생님의 선생님도 늘 수련실을 혼자 조용히 청소하셨다고 한다. 대신 하겠다고 거들면 나지막이 이렇게 사양하셨다고.

"놓아라. 이건 내가 해야 할 일이다."

이론 수업 뒤 내 일상에 질문을 던졌다. 퍼스널 트레이너로서 내가 회원들에게 베푼 호의는 과연 참된 선택이었을까? 재등록을 기대하고 나에 대한 좋은 평판을 바라는 마음이 클 때가 많았다. 짝에게 선물할 때 과연 나는 아무런 대가를 바라지 않았을까? 나중에 더 좋은 선물로 돌아오기를 기대한 적도 있었다. 또한 나는 '착한 사람'이란 가면을 쓰고서 남에게 그렇게 보이기 위해 안간힘도 써 왔다. 그렇게 나를 더 괴롭게 했었다.

그래서 2주가량의 요가 지도자 과정 동안 나는 정말로 카르마 요가를 제대로 실천해 보고 싶었다. 청일점이던 나는 수련실 옆의 작은 방에서 혼자 지냈다. 그날의 모든 일정이 끝나면 수련실마저도 내 방처럼 느껴지는 곳이었다. 그래서 혼자 조용히 수련실을 청소하기로 했다.

매일 밤 10시 모두가 수련실에서 나간 뒤, 나는 샤워하기 전에 걸레로 수련실 바닥을 닦았다. 처음 하루 이틀은 청소하는 모습을 영상으로 찍어 보기도 했는데 나중엔 그마저도 하지 않았다. 나를 드러내고자 하는 욕심이 이 행위에 기대와 바람을 스며들게 했기 때문이다. 그렇게 합숙 일정이 모두 끝날 때까지 매일 바닥을 닦았다. 아무에게도 말하지 않았다. 누가 물어봐 주기를 바라지도 않았다. 처음 사나흘은 익숙하지 않은 일정과 강도 높은 수련 탓에 피곤해서 굳이 청소를 해야 하나 싶기도 했지만 매일 밤 반복하다 보니 아무런 생각이 들지 않았다. 그저 당연히 해야 하는 일과처럼 움직일 뿐. 걸레질하면서 만트라를 외우기도 했고, 잠시 아무 생각 없이 걸레가 바닥을 스치는 소리만 들으며 고요한 시간을 보내기도 했다. 어쩌면 이게 내가 처음 경험해 본 일상 속 명상이 아니었을까 싶다.

카르마 요가를 통해 내가 배운 건 또 있다. 바로 매트 위에서 하는 아사나 수련만이 요가의 전부는 아니라는 사실이다. 삶 자체를 카르마 요가로 만들면 모든 순간이 요가가 되니까. 매 순간 행하는 행동 하나하나에서 미래에 대한 기대나 바람, 과거에서 이어진 집착이나 계산을 거두고 행위 그 자체에 집중하고 몰입하는 것이다.

　나는 여전히 하루 스물네 시간을 모두 카르마 요가로 채우기엔 한참 부족하지만 하루 한 가지, 단 5분만이라도 카르마 요가로 채우려고 마음을 깨운다. 요가 수업을 할 때는 늘 30분 일찍 요가원에 도착해서 바닥 닦기, 퍼스널 트레이너로 일하는 시간엔 내 몫이 아니더라도 청소나 정리를 해야 할 거리가 보이면 말없이 하기. 더러우면 치우고, 어지러우면 정리할 뿐. 아무것도 바라지 않았지만, 그렇게 시간을 보내면 이유를 알 수 없는 행복과 만족이 마음에 깃든다.

○

요가의
마지막 시리즈

〰〰〰〰〰〰〰〰〰〰〰〰

요가 지도자 과정에서 집중 워크숍 형태로 아쉬탕가 빈야사 요가를 배울 때 일이다. 그때 함께 지도자 과정에 참여한 동료 선생님들이 워낙 움직임이 뛰어나서 아쉬탕가 빈야사 요가 프라이머리 시리즈뿐 아니라 인터미디어트 시리즈의 중간까지 수련했다. 고난도 아사나들을 경험하자, 그다음 단계에는 무엇이 있을지 궁금해졌다.

선생님은 아쉬탕가 빈야사 요가에는 여섯 개의 시리즈가 전해져 내려오며, 대부분의 수련자는 프라이머리 시리즈와 인터미디어트 시리즈까지만 수련하고, 지도자 레벨의 숙련자 정도 되어야 어드밴스드 A나 B까지 수련한다고 설명해 주셨다. 요가의 단계에 대한 설명을 듣자, 열정적인 한국인 가운데 한 명인 내 마음에는 도전하고 싶은 욕망이 꿈틀거렸다. 내 마음의 동요를 눈치채신 걸까? 선생님이 우리에게 이런 질문을 던지셨다.

"여섯 번째 시리즈 다음은 무엇일까요?"

전해져 내려오는 시리즈가 여섯 개인데 그다음이 더 있다는 말인가? 두 번째 시리즈만 되어도 과연 이게 사람의 몸으로 해도 되는 건가 싶은 동작들이 있는데, 여섯 번째 시리즈를 넘어가면 연체동물이 되는 건가? 내 머릿속은 혼란스러워지기 시작했다. 선생님은 웃음기 머금은 얼굴로 알 수 없는 말씀을 또 했다.

"여러분 가운데 일부는 이미 그 단계의 수련을 하고 있지요."

수업을 듣던 우리는 모두 어리둥절했다. 첫 번째 시리즈도 힘들어할 때가 많은데 이미 여섯 번째 시리즈를 넘어선 그다음 단계 수련을 하고 있다니! 선생님은 곧이어 말씀했다.

"아이를 기르는 것입니다."

수업을 듣던 우리 사이에서 짧은 탄식과 각자의 알쏭달쏭한 마음이 담긴 웃음이 흘러나왔다. 두 아이를 키우다 큰 용기를 내어 합숙 요가 지도자 과정에 참여한 선생님은 깊이 공감한 표정이었다. 결혼 전이던 나 역시도, 그 어떠한 단계의 수련보다 힘들고 어려운 게 육아라는 것을 어렵지 않게 짐작할 수 있었다. 비록 내 관점에서 바라본 것이지만, 어머니가 나를 기르신 세월이 순식간에 머릿속에서 펼쳐졌기 때문이다. 이 글을 쓰는 지금도 내게는 아이가 없다. 그래서 육아에 대해서는 여전히 상상으로밖에 넘겨짚지 못한다. 다만 작은 강아지 한 마리랑 함께 사는 일에도 제법 많은 노력과 에너지가 드는 걸 보면 육아는 대단한 일임이 틀림없을 것이다.

순전히 짐작일 뿐이지만, 아이를 기르면서는 자신의 신념, 주장, 라이프 스타일을 아이에게 강요할 수 없다. 설득도 가능한 일이 아니다. 그뿐인가? 대가를 바라지 않는 행위를 계속 이어 나가야 한다. 일상이 에고를 버리는 카르마 요가 자체가 되는 셈이다. 그렇지 않다면 하루하루 아이를 돌보는 일이 괴롭기 그지없을 것이고, 나의 바람과 아이를 위한 행동 사이에 드리운 언제 끊어질지 모를 가느다란 실 위에서 아슬아슬하게 살아가게 될 것이다. 매트가 없고 아사나가 정해져 있지 않을 뿐 육아야말로 어쩌면 요가의 본질에 가장 가까운 행위가 아닐까.

물론 모든 사람이 육아를 경험하며 정신적으로 성장하는 것은 아닐 것이다. 하지만 내가 보아 온 정말 많은 엄마와 아빠는 요가를 모르고 있음에도 원숙한 요가 수련자 같을 때가 많았다. 우리 어머니도 그런 분 가운데 한 분이다. 어머니는 봉사를 업으로 삼고 지내신다. 할머니, 할아버지, 그리고 나와 동생을 챙겨 온 삶의 양식은 더 이상 누군가를 돌보지 않아도 되는 시기가 되었음에도 그대로 유지되었다. 할머니까지 돌아가시고 나도 결혼해서 집을 나와 살기 시작한 뒤 어머니는 절에 다니신다. 불경을 읽고

좌선을 할 뿐만 아니라 절에서 하는 봉사 활동에도 참여
하신다. 이해가 잘 안 되었다. 늘 가족을 신경 쓰고 돌보
는 삶을 살았으니 이젠 자기 자신만을 위해 누리고 사셔
도 될 텐데…. 속상하기도 하고 답답하기도 해서 말씀드
렸다.

"엄마, 이제 그냥 집에서 쉬면서 여행도 다니고 놀러 다
니면 안 돼?"

"우스운 소리 말아. 이처럼 행복하고 즐거운 일이 어디
있니?"

어머니는 나긋나긋 잔잔하게 물 흐르듯 이야기해 주셨
다. 대가족을 챙기며 살아 보니 돈을 더 모으겠다고, 남보
다 더 잘 살겠다고 아등바등하면 누구도 행복해지지 않더
라. 오히려 당신이 누군가에게 도움이 되고 착하게 살 때
행복해지더라. 이렇게 사는 게 부족할 나위 없이 즐겁더
라는 내용이었다.

어머니는 요가 하면 스트레칭되고 좋다며 요가를 스
트레칭처럼 여기시는데, 어머니의 삶이나 말, 생각은 요
가 강사라며 활동하는 나의 삶이나 말보다 더 요가를 담
고 있었다. 카르마 요가를 한다며 수업 전에 청소하는 나
보다 더 자연스럽게 카르마 요가를 행하는 사람이 어머니
다. 파탄잘리의 『요가수트라』에서 설명하는 야마(하지 말아
야 할 것)와 니야마(해야 할 것)를 책으로 읽고 강의로 배운 나
보다 어머니가 그 계율들을 더 잘 따르고 계시다는 생각

이 들었다.『요가수트라』에서 '이슈와라 프라니다나(신을 향한 헌신)'라는 개념을 읽어 본 적이 없을 텐데도 어머니는 삶이 던져 주는 많은 것을 온전히 수용하고 고요하게 나아가는 법을 이미 알고 실천해 오셨다.

어머니를 곁에서 바라보면서, 또 한 살 한 살 나이를 먹어 가면서 요가를 바라보는 나의 관점이 변해 갔다. 아니, 변했다기보다는 더 넓어졌다. 아사나와 수련이란 열쇠 구멍을 통해 요가를 바라보다가 그 열쇠 구멍을 아예 치워 버리고 바라보고서, 요가가 한눈에 다 담기지 않는 큰 세계임을 알게 되었다. 한눈에 다 담을 수 없기에 여기저기 작은 부분들을 볼 수밖에 없었고, 그러다 보니 매번 새로운 것을 느낄 수도 있었다.

무엇보다 요가를 단 하나로 정의할 수 없음을 받아들이게 되었다. 내가 부르는 요가는 나의 요가일 뿐이다. 모두에게 각자의 요가가 있다. 나의 요가, 당신의 요가, 내 어머니의 요가…. 각각의 요가는 요가 전체를 온전히 담아내지는 못한다. 불완전한 인간의 경험과 삶에서 받아들일 수 있는 부분만이 표현된 요가일 테니까. 하지만 각자의 요가들이 오밀조밀 모여서 서로 영향을 주고받으며 배우다 보면 온전한 요가에 조금은 더 가까워질 것이다.

그래서 이제는 요가를 말하고 바라보기가 한결 편해졌다. 내가 어떤 요가를 하든 불완전하다는 걸 알고 수용하기에. 나는 다른 요가를 보며 배울 수 있고 조금 더 완성에 가까워질 수 있다. 완성될 수 없으나, 완성에 가까워지는 과정 자체를 즐기다 보면 적어도 내 일상이 요가를 알기 전보다 한결 건강하고 풍성해질 수 있다는 걸 믿는다.

우리가 마스터로 알고 있는 사람들은 자신의 기술을
더 발전시키기 위해 연습에 매진하는 것이 아니다.
사실은 연습 그 자체를 즐기기 때문에 한다.

– 조지 레너드, 『마스터리』(더퀘스트)

서로 다르지만 우리는 모두 요가를 하지

강사로 일하면서 여러 학생을 만나게 된다. 내 고객이자 학생들은 대체로 부상이나 질병, 기타 다른 이유로 몸을 움직이는 데 불편을 느끼게 되어 나를 찾아온 경우가 많다. 그래서 움직임을 평가하고 문제 원인을 분석하고 이를 개선하는 다양한 동작을 연습하고 반복하는데, 그럴 때마다 이런 말을 정말 자주 듣는다.

"그동안 정말 운동 잘못했나 봐요!"

"엉터리 헛수고만 한 거 같아요."

자신을 불편하게 한 다양한 운동과 요가 수련이 모두 잘못되었고, 따라서 거기에 쏟아부은 시간은 의미가 없다고 속상해하는 것이다. 그때마다 나는 늘 같은 대답을 한다.

"그렇게 열심히 좌충우돌하셨으니까 이렇게 몸에 관심을 두고 돌보게 된 거죠."

사실 요즘 우리에게 몸은 그다지 중요한 관심사가 아니

다. 주식, 부동산, 뉴스, 트렌드 등에 비해 몸이 받는 관심은 정말 미미하다. 몸도 그러할진대 마음의 안정과 수양은 어떠하겠는가. 먼 나라 특별한 사람들의 이야기라고 여기는 사람이 훨씬 많지 않을까.

이런 세상에서 어떻게든 매트 위에 올라 수련을 시작하는 사람들이 정말 대단해 보인다. 잠시라도 가만히 있기 어려운 일상에서 잠시 멈춰 호흡을 가다듬는 노력은 결코 쉬운 일이 아니다. 제일 어려운 건, 어떤 방식으로든 수련을 시작하는 것이다. 일단 시작했고 짧든 길든 반복하고 있다면 이미 삶은 다른 방향으로 흘러가고 있다. 더 나아지는 쪽으로 긍정적인 변화가 싹트고 있다. 단지, 한 번의 수련에 놀라운 드라마가 시작되길 바라는 마음이 지혜의 눈을 가려 그 싹을 알아보지 못할 뿐이다.

좀 잘못해도 된다. 많이 모를 수도 있다. 이 책을 쓰기 시작했을 때부터 계속 드는 생각이지만, 대체 누가 요가를 완전히 알겠나! 모두가 각자의 삶에서 자기의 요가를 할 뿐이다. 때론 이 요가가 몸과 마음을 괴롭힐 때도 있다. 마음처럼 되지 않아서 속상하고 답답할 수도 있다. 하지만 그렇게 속앓이를 하는 만큼 우리는 성장하고 강해질 것이다. 그저 포기하거나 외면하지 않고 묵묵하게 할 수 있는 수련을 하면 된다. 맞는지 틀리는지 혼란스럽고 잘하고 있는지 의심이 든다면, 판단을 유보하고 지나온 길을 잠시 돌아보자. 분명 요가를 시작한 뒤로 좋은 변화를 쌓아 오고 있었을 것이다. 나 역시, 이따금 나만의 여정을 되돌아볼 때마다, 조금 전까지 나를 애끓게 하던 여러 복잡한 감정과 상념이 씻겨 내려가곤 한다.

여기까지 내 여정의 크고 작은 이야기들과 함께해 준 당신에게, 이 책 속 글들이 잠시 멈추어 되돌아볼 수 있는 계기였기를. 그 계기들을 딛고 서서 당신이 요가와 함께하는 삶을 계속 이어 가기를 기원한다. 어떤 모습, 어떤 방식이든 당신의 요가를 응원한다.

고맙습니다

　내로라하는 요가 지도자가 많은 우리나라에서 나의 요가 이야기를 조심스레 꺼내 놓을 수 있다는 사실만으로도 감사할 일이다. 이 책이 나오기까지 정말 많은 사람의 도움이 있었다. 무엇보다도 쇠질만 하던 내가 요가를 배우고 적잖은 시간과 비용을 들여 요가 지도자 과정까지 밟겠다고 했을 때, 그 과정에서 부상으로 몸져누워 예민해지고 우울해할 때, 한결같이 나를 응원하고 믿어 준 내 짝 노가온 씨와 어머니 한일숙 님, 그리고 존경하는 아버지 이상철 님. 요가 수련자이기 전에 사회 구성원이자 개인으로서 더 나은 사람으로 살도록 끊임없이 나를 깨우쳐 주는 가족이 있었기에 삶 속에서 요가를 실천하는 노력이 빛을 발할 수 있었습니다.

　글을 읽는 동안 개인의 실명을 접하고 선입견을 갖게 되는 걸 피하고자, 본문에서는 요가 선생님들의 실명을 밝

히지 않았다. 하지만 내 요가 여정에 가장 큰 영향을 주었고, 요가 강사로서의 사명감과 프로 정신을 품도록 북돋아 준 존경하는 내 선생님을 언급하지 않을 수 없다. BYTT의 대표이자 리밋레스 플로우(Limitless Flow)를 고안한 박상아 선생님은 단순 스트레칭 같던 내 요가 세계를 철학이 함께하는 정신적 수련의 영역으로 확장시켜 준 은인이다. 박상아 선생님 덕분에 움직임에 대한 내 관심과 고민이 하나의 강의로 요가 커뮤니티에 소개될 수 있었고 직업적으로도 폭넓은 활동이 가능해졌다. 허리를 다쳐 수술을 기다리며 누워 있을 때, 걱정과 염려 가득한 눈빛으로 쉼 없이 잔소리를 했던 선생님의 마음을 이 책을 쓰며 추억해 보았다. 그때는 말하지 못했는데 지금은 말할 수 있다. 미안하고, 고맙습니다.

요가 강사이자 퍼스널 트레이너로서 나를 성장시킨 8할은 내 수업에 들어와 준 사람들이다. 요가 지도자 과정, 각종 워크숍, 수련, 1 대 1 트레이닝 수업 등, 내 수업에 결코 적지 않은 비용과 시간을 할애해 준 모든 분께 감사의 마음을 전한다. 매 수업이 나에게는 공부였고 경험이었다. 때론 시행착오가 있었고, 때로는 놀라운 변화와 성장을 함께할 수 있었다. 이 모든 시간을 나에게 허락해 준 수업 참가자분들, 진심으로 고맙습니다.

의식의 흐름대로 쏟아 내듯 적어 내려간 산만했던 글을 예쁘고 매력적인 요가 에세이로 매만져 준 원더박스 이기

선 편집자에게도 고마움을 전합니다. 내 첫 책 『남의 체력은 탐내지 않는다』에 이어 요가 에세이까지 이분의 도움이 없었다면 불가능했을 일이다. 덕분에 평범한 요가 강사이자 퍼스널 트레이너에서 작가로 성장할 수 있었다.

그리고 온전히 존재하는 것만으로도 사랑을 나눌 수 있다는 걸 가르쳐 준 내 인생 첫 반려견 백곰아 고마워. 네 덕분에 온전히 걷기에 집중하는 것, 현재에 머물러 수용하는 것, 그리고 욕심내지 않는 편안함을 배웠단다.

마지막으로 이 글까지 한 글자 한 글자 읽고 있는 당신에게도 고마움을 전하며 인사를 마무리합니다. 모두 각자의 요가를 이어 가시길.

요가는 자아의 여행이다. 자아를 통과해 자아에 다다르는.

– 『바가바드기타』

각자의 요가

ⓒ 이우제, 2022

2022년 6월 3일 초판 1쇄 발행

지은이 이우제
펴낸이 류지호 • 상무이사 김상기 • 편집이사 양동민
편집 이기선, 김희중, 곽명진 • 디자인 박은정
제작 김명환 • 마케팅 김대현, 정승채, 이선호 • 관리 윤정안

펴낸 곳 원더박스 (03150) 서울시 종로구 우정국로 45-13, 3층
대표전화 02) 420-3200 • 편집부 02) 420-3300 • 팩시밀리 02) 420-3400
출판등록 제300-2012-129호(2012. 6. 27.)

ISBN 979-11-90136-69-3 (03810)